Nasrin Siege

Der Tag des Regenbogens
Märchen, Mythen und Geschichten

BAV

»Meine Märchen«, so Nasrin Siege, »sind eine Liebeserklärung an das Leben zwischen den Kulturen.« Orient, Okzident und Afrika sind in ihnen auf vielfältige Weise miteinander verwoben.
Wie ein Leitmotiv durchzieht viele dieser Märchen und Mythen die Verführung, aus dem alten Leben auszubrechen und ein neues zu wagen. Sie erzählen von starken Frauen, die Grenzen überschreiten und erfolgreich Abenteuer bestehen in geheimnisvollen Welten, aus denen sie verwandelt wieder zurückkehren, Bedrängnis und Not hinter sich lassend.
Nasrin Siege bricht die Rollenklischees der traditionellen Märchen auf, betritt phantasievoll utopisches Neuland.

Nasrin Siege, geboren 1950 im Iran, seit ihrem neunten Lebensjahr in der Bundesrepublik, studierte Psychologie und arbeitete als Psychotherapeutin in einer Suchtklinik. Von 1983 bis 1991 mit ihrer Familie in Tansania und Sambia, dann freie Schriftstellerin und Mitarbeit bei der IAF in Frankfurt a. M. Seit 1994 lebt sie mit ihrer Familie wieder in Tansania und arbeitet in einem Straßenkinderprojekt in Dar es Salaam mit.
Buchveröffentlichungen: *Kalulu und andere afrikanische Märchen* (Brandes & Apsel) sowie die Kinderbücher *Sombo, das Mädchen vom Fluß* und *Wie der Fluß in meinem Dorf.* Beiträge u.a. zu der im Brandes & Apsel Verlag erscheinenden Reihe *Ethnopsychoanalyse.*
Kinderbuchpreis 1994 der Ausländerbeauftragten des Senats von Berlin.

Nasrin Siege

Der Tag des Regenbogens

Märchen, Mythen und Geschichten

Zeichnungen von
Barbara Rieder

Brandes & Apsel

Auf Wunsch informieren wir regelmäßig über das Verlagsprogramm.
Eine Postkarte an den Brandes & Apsel Verlag,
Zeilweg 20, D–60439 Frankfurt a. M., genügt.

Die Deutsche Bibliothek – CIP-Einheitsaufnahme:

Siege, Nasrin:
Der Tag des Regenbogens : Märchen, Mythen und Geschichten / Nasrin Siege. Zeichn. von Barbara Rieder. – 1. Aufl. – Frankfurt a.M. : Brandes und Apsel, 1995
(Literarisches Programm ; 40)
ISBN 3-86099-440-9
NE: Rieder, Barbara [Ill.]; GT

literarisches programm 40

1. Auflage 1995

Lektorat: Volkhard Brandes
Umschlagzeichnung: Barbara Rieder
Foto Umschlagrückseite: Volkhard Brandes
DTP: Elke Daniel
Druck und Verarbeitung: DAN, Ljubljana, Slowenien
Gedruckt auf säurefreiem, alterungsbeständigem und chlorfrei gebleichtem Papier

ISBN 3-86099-440-9

Inhalt

Sehnsucht ist die
Schwester der Phantasie

Fateme und Ahmed

»Meine Freunde«, wandte sich der alte Mann an seine Zuhörer. »Heute werde ich euch von der Liebe erzählen, einer wunderbaren Liebe, die sich wirklich zugetragen hat.« Unter seinen buschigen weißen Brauen blickten uns dunkle blaue Augen an. Bunte Perlen schmückten seinen langen grauen Bart, der ihm prachtvoll auf die Brust fiel. Ein kleiner Junge, keine zwei Jahre alt, saß auf seinen Knien und spielte mit den Perlen.

Ich war mit meinem Freund auf der Durchreise. Wir waren in einer kleinen Pension abgestiegen, und am Abend hatten wir uns zu einem Spaziergang in die milde Abendluft hinaus begeben. Nun waren wir bei dem alten Märchenerzähler angelangt, hatten uns, wie die anderen, um ihn herumgesetzt und lauschten seinen Geschichten. Seine Weisheiten trafen mein Herz, das doch immer auf der Suche nach der Liebe war.

»Viel Leid in der Welt geschieht nur, weil die Liebe fehlt. Der Mensch ist immer auf der Suche nach ihr, doch wehe, er weiß es nicht. Dann Gnade uns Gott. Er wird alles zerstören, was ihn zu seinem Ziel führen könnte.«

Wie Pfeile trafen mich diese Worte, und Tränen schossen in meine Augen. War nicht auch ich, trotz meiner Suche nach ihr, immer auf der Flucht vor der Liebe gewesen?

Der Alte schaute mich an und lächelte.

»Nein, die Liebe läßt sich nicht kontrollieren, sie sucht sich ihre eigenen Wege. Und davon will ich euch heute abend erzählen.

Vor langer Zeit lernte ich zwei Männer kennen. Sie waren Freunde. Von klein auf waren sie einander zugetan. Später, als Erwachsene, reisten sie gemeinsam als Kaufleute durch das Land, handelten mit Teppichen, Edelsteinen und Gold. Beide stammten aus wohlhabenden Elternhäusern, und bei all ihrem Ehrgeiz waren sie bald noch reicher. Ali, der ältere, heiratete als erster die Tochter eines verarmten Kaufmannes. Hassan tat es ihm ein paar Monate später nach und ehelichte die Tochter eines reichen Händlers seiner Stadt. Es dauerte nicht lange, und bald schenkten ihnen ihre Frauen die heißersehnten Kinder. Ali bekam einen Sohn und Hassan eine Tochter. Die Geburt der beiden lag nur ein paar Tage auseinander. Als Fateme, das kleine Mädchen, schließlich das Licht der Welt erblickte, beschlossen die Väter, daß sie und Alis Sohn, Ahmed, später heiraten sollten.«

Mit warmen Blicken schaute der Alte auf das Kind auf seinem Schoß, und uns war, als ob er auch uns mit Wärme umhüllte.

»Ahmed und Fateme sollten aber erst im Alter von fünfzehn Jahren davon erfahren. Die Kinder wuchsen heran, und es zeigte sich bald, welch unterschiedlichen Charakters sie waren. Ahmed war ein rechter Draufgänger. Er liebte die Gefahr, und immer wieder ließen seine verzweifelten Eltern nach ihm in den engen Gassen der Altstadt suchen. Er hatte sich dort nicht etwa verlaufen. Nein, er war mit seinen Freunden unterwegs gewesen, hatte mit ihnen die wilden und weniger wilden Spiele der Jungen gespielt, hatte mit ihnen gerauft, mit ihnen das Essen des einfachen Volkes gegessen und mit ihnen aus demselben Becher getrunken. Alle kannten Ahmed, und alle liebten ihn. Er war zwar der Sohn eines reichen Kaufmannes, aber dennoch einer von ihnen, ohne jeden Standesdünkel, mit einer natürlichen Zuneigung für seine Freunde aus ärmeren Familien.

Ganz anders war Fateme, die sich nie unter das einfache Volk begab. Alles, was draußen, außerhalb der Mauern ihres Anwesens geschah, war ihr unheimlich und bedrohlich. Sie haßte die lauten Geräusche und die vielfältigen Gerüche des Basars inmitten der Altstadt. Der Anblick der Armen war ihr zuwider. Wann immer ihre Mutter sie in den Basar mitnehmen wollte, wehrte sie sich mit all ihrer Kraft. Nach jedem unvermeidlichen Ausflug dorthin überfiel sie ein heftiger Kopfschmerz, der sie nicht schlafen ließ.

Manchmal, wenn Ahmed schmutzig und verschwitzt nach Hause kam, traf er Fateme dort an, die seiner Mutter einen Besuch abstattete. Wann immer Fateme Ahmed sah, verzog sich ihr Gesicht voller Widerwillen, und sie rümpfte die Nase ob der vielen Gerüche, die er mitbrachte. Ahmed aber hatte nur noch Spott für sie übrig, und bald bereitete es ihm große Freude, diesen Ausdruck in ihrem Gesicht hervorzurufen. Später, als er älter war, ging er ihr jedoch immer mehr aus dem Weg.

Als Fateme und Ahmed von den Heiratsplänen ihrer Väter hörten, verzog Fateme sich mit Kopfschmerzen in ihr Bett, während Ahmed zornigen Herzens zu seinem Freund Omar stürmte, dem Sohn des Schusters. Hier, in dem kleinen dunklen Raum, hatte er viel Zeit verbracht. Hierher hatte er sich verzogen, wenn sein Vater auf Reisen war und die Mutter ihn nicht mehr halten konnte.

An dieser Stelle, es wird höchste Zeit, das zu tun, muß ich euch von Laila, Omars Schwester, erzählen. Sie war von reiner Schönheit, so klar wie Quellwasser, so sanft wie die zarten Farben der Rose, so aufrichtig wie der Mond. Ihr Lächeln erhellte den Raum, es ließ die Vögel verstummen und die Sonne sich vor ihr verneigen. Wenn sie aus der kleinen Tür ihres Hauses trat, grüßten sie alle, egal welchen Alters. Die Erwiderung des Grußes war wie ein kostbares Geschenk, das den derart Beschenkten den Tag und die nächstfolgenden veredelte.

Ihre Augen schienen in ihrem dunklen Grund alle Geheimnisse der Welt zu bergen, und wann immer Ahmed sie ansah, fühlte er sich in seiner Liebe zu ihr ertappt.

Laila jedoch wußte in Wahrheit nichts von Ahmeds Gefühlen. Ihr Herz war schon seit frühester Kindheit für ihn entbrannt, doch bekümmert sprach sie sich die Worte ihrer Mutter vor, daß er, der aus reichem Hause sei, keine Absichten ihr gegenüber haben dürfe.

An diesem Abend jedoch bemerkte sie die Verzweiflung in seinem Gesicht, und als sie ihn erstaunt fragte, was ihm einen solchen Kummer bereite, erzählte er ihr den Grund.

Sie erschrak, doch versuchte sie, ihre Gefühle vor ihm zu verbergen.

›Eure Väter hatten sicherlich nur Gutes im Sinn‹, sagte sie, ›als sie euch füreinander bestimmten.‹

›Aber ich liebe sie nicht!‹ stieß Ahmed hervor und begrub das Gesicht in seinen Händen.

›Viele sagen, die Liebe kommt erst nach der Heirat‹, versuchte Laila ihn zu trösten.

›Und wo bleibt meine Liebe für dich?‹ schrie Ahmed auf und warf sich vor ihr auf die Knie. Laila setzte sich zu ihm, legte ihre Arme um seinen Hals und schaute ihn an.

›Ich wußte nicht, daß du mich liebst‹, sagte sie leise.

Trotz der Verzweiflung in ihren Herzen waren sie in diesem Augenblick glücklich miteinander. Sie umarmten sich, hielten einander fest, flüsterten sich zärtliche Worte zu und vergewisserten sich so des Wunders ihrer Liebe.

Fateme, die sich in ihr Bett verkrochen hatte, grübelte die ganze Nacht. Der Gedanke Ahmed zu heiraten, stieß sie ab. Er, der sich so leicht tat mit der Welt da draußen. Womöglich würde er sie, wenn sie erst einmal verheiratet wären, mitnehmen wollen auf seine Streifzüge. Vielleicht müßte sie dann seinen schmutzigen Freunden die Hand geben, gar für sie kochen. Fateme schüttelte sich bei diesem Gedanken.

Nun hatte sie in ihrem Haus eine alte Magd, die sie die Hexe nannten. Es hieß, sie könne allen möglichen Zauber machen und vor allem in Liebesdingen sei sie besonders gut zu Rate zu ziehen.

Fateme ließ sie am nächsten Morgen zu sich kommen.

›Ich liebe Ahmed nicht, und ich will ihn nicht heiraten!‹ sagte sie zu ihr. ›Tu etwas!‹

Die Alte wiegte den Kopf bedächtig hin und her, dachte nach. ›Ich muß Zaubergetränke für viele Leute machen: für deinen Vater und seinen Vater, für dich und für ihn!‹

›Ich werde dich gut bezahlen!‹ sagte Fateme eifrig.

›Lasse mir eine Woche Zeit!‹ bat die Alte.

In dieser Woche gingen sich die Brautleute noch mehr aus dem Weg. Ahmed besuchte jetzt fast täglich Laila. Und mit Omars Hilfe fanden die Liebenden die Möglichkeit, die Zeit miteinander zu verbringen.

Die Hexe braute unterdessen einen geheimnisvollen Trank für die beiden Väter. Nach einer Woche erschien sie bei Fateme und übergab ihn ihr.

›Und was ist mit dem Zaubertrank für mich und Ahmed?‹

›Später‹, antwortete die Alte.

Fateme lud nun Ahmeds Vater zu einem Essen in ihrer Familie ein und gab vor, daß sie ihm als ihrem zukünftigen Schwiegervater ihre Kochkunst beweisen wolle. Die beiden Väter waren hocherfreut und hatten nicht den geringsten Argwohn, als Fateme ihnen den Saft reichte, den sie aus dem Zaubertrank der Hexe eigens für sie gemischt hatte.

Der Abend verlief ruhig. Sehr ruhig sogar, denn die beiden Väter schliefen bald über den vielen Speisen ein.

Jetzt, da Ahmed und Laila von ihrer gegenseitigen Liebe wußten, sprachen sie darüber, wie diese auch von Ahmeds Vater anerkannt werden könnte.

›Das Versprechen, das zwei Freunde sich gegeben haben, wiegt schwer‹, sagte Laila. ›Sie werden unsere Liebe niemals anerkennen!‹

›Wir müssen fliehen und unser Glück in einem anderen Land versuchen‹, schlug Ahmed vor.

Omar warf ein, daß sie für die Flucht schnelle Pferde, genügend Reiseproviant und Geld brauchten.

›Ich werde mir die Pferde aus den Ställen meines Vaters nehmen‹, meinte Ahmed trotzig. ›Und Reiseproviant und Geld nehme ich mir auch!‹

›Sie werden uns einholen und bestrafen‹, weinte Laila.

Wie groß war da das Erstaunen der Liebenden, als sie entdeckten, daß jede Träne Lailas eine kostbare Perle war. Die Liebenden sammelten sie auf, füllten sie in einen kleinen Sack und beschlossen, jetzt, wo sie reich waren, davon alles für ihre Flucht Notwendige zu kaufen.

Am nächsten Morgen erwachten die beiden Väter aus ihrem Schlaf. Sie gaben sich die Hände, begrüßten sich wie Fremde und fragten einander, was der andere denn hier suche. Auch ihre Frauen erkannten sie nicht wieder. Sie hatten ihr ganzes bisheriges Leben vergessen.

Von Schuldgefühlen geplagt, rief Fateme nach der alten Hexe.

›Was für einen Trank hast du mir da für sie gegeben?‹

›Sie wissen nichts mehr von der Vereinbarung, euch zu verheiraten‹, antwortete die Alte mit unschuldiger Miene.

›Sie haben aber alles vergessen! Das hatte ich nicht gewollt!‹

›Sie werden sich wieder erinnern‹, tröstete die Hexe sie. ›In einer Woche wissen sie wieder, wer sie sind.‹

›Aber dann werden sie uns wieder verheiraten wollen!‹ schrie Fateme, die sich immer mehr erregte.

›Nicht, wenn du und Ahmed den Trank zu euch nehmt‹, meinte da die Alte geheimnisvoll.

So lud Fateme ihren Verlobten Ahmed zu einem gemeinsamen Mahl ein. An dem besagten Abend aber wartete sie lange auf ihn. Als er nicht erschien, trank sie alleine den Trank, den ihr die Hexe gegeben hatte, und auch sie fiel in einen tiefen, schweren Schlaf.

Mit Omars Hilfe hatte Ahmed für eine der Perlen zwei schnelle Pferde gekauft. Ahmed und Laila waren schon längst auf dem Weg in die Freiheit, als Fatemes Bote Ahmeds Mutter die Einladung zum gemeinsamen Mahl überbrachte.

Als Fateme erwachte, erinnerte sie sich an so vieles nicht mehr. Ihre Mutter sagte ihr ihren Namen, nahm sie wie ein kleines Kind an die Hand und zeigte ihr das Haus, aber auch die Welt außerhalb der Mauern. Und wo immer sie hinging, war es, als sähe sie die Welt mit neuen, klaren Augen. Die Armut der Menschen rührte sie an, die kleinen bettelnden Kinder, die ihr die schmutzigen Hände entgegenstreckten.

All das, was sie einst abgestoßen hatte, hielt sie nun gefangen. Doch sie erinnerte sich nicht mehr an Ahmed. Wenn die Menschen ihrer Umgebung manchmal von ihm sprachen, hörte sie ihnen zu, so wie sie all ihren anderen Geschichten zuhörte.

Und hätte sie sich an ihn erinnert, sie hätte ihn lieben müssen, so wie sie nun die Welt liebte.«

»Was passierte denn nun mit Ahmed und Laila?« begehrte eine der Zuhörerinnen zu wissen.

»Unbehelligt gelangten sie in ein anderes Land. Sie fühlten sich sicher dort und lebten lange Jahre glücklich zusammen und bekamen viele Kinder und Kindeskinder.«

»Und wenn sie Geld brauchten, weinte Laila Perlen, oder?« fragte ein kleiner Junge.

Der alte Erzähler lachte und spielte mit den bunten Perlen in seinem Bart.

»Solange sie sich liebten, waren sie reich, und sie liebten sich immer!«

Der kleine Mut

Leise trat Ali aus dem Haus seines Onkels und schlich vorsichtig durch die engen Gassen der kleinen Stadt. Aus den ineinander verschachtelten Häusern ringsherum hörte er das Flüstern der noch Wachen und das Schnarchen der Schlafenden. Aus der Ferne erklang das Bellen eines Hundes.

Am Stadtausgang beobachtete er die Wächter. Es waren ihrer drei. Zwei von ihnen schienen zu schlafen, während der Dritte, an den Torbogen gelehnt, in den Sternenhimmel starrte. Ohne Mühe und unbemerkt kletterte Ali über die Mauer. Dann lief er los, so schnell er nur konnte, ohne noch einen Blick hinter sich zu werfen. Die Freude darüber, den Erschwernissen seines Lebens entronnen zu sein, beflügelte ihn, und am liebsten hätte er in die Nacht hinausgeschrien, seinen Gefühlen Luft gemacht.

Solange er denken konnte, hatte er gearbeitet, war er ein Sklave seines Onkels gewesen, dessen Frau fast jedes Jahr ein weiteres Kind gebar und ihn von morgens bis abends durchs Haus scheuchte. Ihre Kinder hatten ihn, sobald sie den Windeln entwachsen waren, gehänselt und geärgert, und in seiner Einsamkeit hatte sich in ihm der Haß auf alle angestaut, die ihn so behandelten.

»Du hast es geschafft«, hörte er plötzlich wieder die Stimme, die ihn seit Wochen begleitete. Am Anfang war sie nur ein Flüstern gewesen, schwach wie der Windhauch, der die Blätter eines Strauches sanft zittern läßt. Doch von Tag zu Tag hatte sie an Kraft gewonnen und sich immer mehr in sein Bewußtsein gedrängt. Schließlich hatte er Zwiesprache mit ihr, jener geheimnisvollen Stimme, geführt, die offensichtlich nur er zu hören vermochte.

»Und du, sage mir endlich, wer du bist!« forderte Ali die Stimme auf, »denn nur mit deiner Hilfe habe ich diesen Schritt gewagt.«

»So bin ich also dein Retter?« lachte leise die Stimme.

»Oder mein Verderben!« erwiderte Ali bitter.

»Zweifelst du immer noch?«

»Sage mir deinen Namen.«

»Du bist ein wirklicher Mensch, immer auf der Suche nach Sicherheit. Ohne den wahren Mut, das Ungewisse zu wagen.«

»Ich bin ein Mensch«, entgegnete Ali, »und ich habe heute Nacht das Ungewisse gewagt. Aber wer bist du?«

»Weil du ein Mensch bist, will ich dich nicht mehr im Ungewissen lassen. Aber glaube mir, auch das Wissen hat Ungewisses an sich und wirft neue Fragen auf. Doch nun will ich mich dir zu erkennen geben, und du sollst entscheiden, ob du mehr wissen wirst: Ich bin ein Wind. Unter den vielen Winden werde ich der kleine Mut genannt.«

»Ich habe immer Angst«, seufzte Ali.

»Ich weiß«, antwortete die Stimme, »ich kenne deine Geschichte und deine Not. Deine Trauer und Verzweiflung haben mir keine Ruhe gelassen, und deshalb bin ich bei dir geblieben.«

»Wie hast du mich gehört, wenn ich doch niemandem von meiner Not erzählen konnte?«

»Eines Nachts führte mich mein großer Bruder, der Wagemutige, in deine Stadt. Ich war voll heiteren Mutes, und so betrat ich dort viele Häuser. Huii, sauste ich durch das eine Fenster hinein, und huii, sauste ich durch das andere Fenster wieder hinaus. Im Haus deines Onkels jedoch blieb ich stekken! Ich fand nicht mehr hinaus. Etwas lähmte mich.«

»Was war das?« fragte Ali, der gebannt zuhörte.

»Du!« rief der Wind. »Deine Tränen hatten mir meine Kraft und meinen Mut genommen! Mein Bruder donnerte von draußen gegen die Fenster und die Tür. Er versuchte mich zu befreien, doch es gelang ihm nicht!«

»Ich erinnere mich an den Sturm und daran, wie er das Haus durchrüttelte. Die kleineren Kinder meines Onkels haben die ganze Nacht geschrien.«

»Ja, das war mein Bruder«, lachte der Wind, und Ali schien es, als ob die Luft um ihn herum dabei hell aufleuchtete.

»Aber, was passierte dann? Warst du frei?«

»Oh nein, mein Freund!« antwortete der Wind. »Ich habe mich erst jetzt befreit.«

»Du meinst, mit mir?«

»So ist es! Ich weiß nicht, warum ausgerechnet ich dir beistehen sollte. Sobald ich dich sah, hatte ich mich verloren geglaubt. Ich war nur noch ein matter Luftzug, eine winzige Abkühlung vielleicht. Ich beobachtete dich, und mit jeder Träne, die du vergossen hast, wurde auch ich trauriger und trauriger.«

»Warum bist du nicht fortgegangen?«

»Ich fächelte dir Luft zu, trocknete deine heiße Stirn, während du den Boden schrubben mußtest, und ich gab dir den Raum, den du zum Denken brauchtest. Wie konnte ich ohne dich fortgehen, dessen Kerker ich geteilt hatte?«

»Als du das erste Mal zu mir gesprochen hast, bekam ich große Angst«, sagte Ali. »Ich hörte deine Stimme in mir und fürchtete mich. Doch dann gewöhnte ich mich daran, und irgendwann dachte ich, daß sie die meinige sei. Sag mir, bist du wirklich ein Wind oder bist du ich?«

»Ich bin der kleine Mut«, lachte der Wind.

So lief Ali weiter, bis er endlich an die bewachten Tore einer großen Stadt kam.

»Wer da?« hörte er die müde Stimme eines Torwächters.

»Ein Suchender«, flüsterte Ali, und er spürte, wie die Angst ihm die Kehle zuschnüren wollte. »Laßt mich in eure Stadt!«

»Was willst du hier?« fragte ein anderer Wächter, und Ali sah eine große Gestalt langsam auf sich zukommen. Der Mann trug eine Eisenrüstung, die bei jedem Schritt klapperte, und aus dem Dunkeln der Nacht starrten ihn zwei rotglühende Augen drohend an.

»Ehrliche Arbeit will ich tun«, erwiderte Ali mit zittriger Stimme, »mein Brot mir verdienen.«

Die Wächter fingen an zu lachen. Erst ganz leise, dann immer lauter, bis es in Alis Ohren dröhnte. Durch die Schießscharten in der Stadtmauer sah Ali Lichter angehen, und die zornigen Stimmen der aufgeschreckten Bewohner schwirrten bis zu ihm herüber.

»Was habt ihr? Warum lacht ihr?« begehrte Ali zu wissen. Doch die Wächter hörten ihn nicht wegen des großen Lärms, den sie vor allem selbst machten.

Nach einer Weile ließ ihr Interesse an dem Ankömmling nach. Sie wandten sich von ihm ab, legten sich wieder auf ihre Plätze an der Mauer und schnarchten laut drauflos. Ali ging leise zu ihnen hinüber und sah zu seinem Entsetzen, daß die Wächter Dämonen waren. Ihre Köpfe steckten in grotesken Masken, auf denen Menschengesichter gezeichnet waren. Dahinter verbarg sich das grauenvolle Antlitz eines stachelköpfigen, einäugigen Ungeheuers. Sie trugen Eisenrüstungen, in denen sie ihre vielen Arme und Beine und den qualligen Körper verbargen.

Alis erster Impuls war, wegzurennen. Doch dann stutzte er. Die Wächter sahen zwar scheußlich und furchterregend aus, hatten ihm aber nichts getan.

So faßte er sich ein Herz und schlüpfte durch ein Mauerloch in die Stadt. Ihre Bewohner schliefen wohl noch. Leise schlich er durch die gepflasterte, wie ausgestorben vor ihm liegende Straße. Die Luft war mild, und in dem langsam heller werdenden Schein des frühen Morgens betrachtete Ali die Häuser.

Solche Bauten wie diese hatte er noch nie gesehen. Ohne auch nur den schmalsten Durchgang freizugeben, riegelten sie wie eine undurchdringliche, düstere Mauer die eine Seite der Straße ab, während der Blick zur anderen Seite hin in tiefe Leere fiel – in ein unheimliches, alles verschlingendes Nichts. Ali schien es, als bewegte sich die Häuserzeile in einem kaum wahrnehmbaren Rhythmus. Vorsichtig klettete er auf einen Fenstersims und schaute in einen der Räume. Doch er sah nur in ein schwarzes Loch.

»Laß das«, hörte er da eine müde Stimme. Erschrocken sprang er wieder hinunter und schaute sich um.

»Hast du etwas gesagt, Wind?« fragte er, sich an seinen Freund erinnernd.

»Bist du etwa nicht allein?« fragte dieselbe Stimme mißtrauisch, und Ali erkannte, daß sie zu jemand anderem gehören mußte.

»Wer bist du?« fragte er ängstlich.

»Das muß ich dich fragen, denn du bist hier der Eindringling!«

»Ich bin Ali. Mein Freund, der Wind, hat mir den Mut gegeben, und so bin ich jetzt hier!«

»Und trotzdem hast du Angst?« flüsterte die Stimme und kicherte leise. Da sah Ali, wie die Häuser längs der Straße bei dem leisen Lachen zu tanzen schienen.

»Ist es denn schlecht, Angst zu haben?«

»Im Gegenteil«, lachte die Stimme, »nur Dummköpfe haben keine Angst. Der Ängstliche weiß, was Mut ist, denn er ist ihm nicht leicht gefallen.«

Sachte berührte Ali die Klinke einer Tür und bemerkte mit Erstaunen, wie diese wie von Geisterhand geöffnet wurde. Er trat in einen dunklen Raum und gewahrte in weiter Ferne ein Licht, das ihm zuzuwinken schien.

»Nur Mut«, flüsterte der Wind, und Ali ging weiter. Sofort schloß sich die Tür hinter ihm. Ali streckte die Hände aus und tastete sich an einer weichen, feuchten Wand entlang.

»Wo sind wir hier?« flüsterte er.

»An einem Ort, der dich ängstigen wird.«

»Sag es mir trotzdem!« verlangte Ali.

Doch der Wind schwieg, und alle Bitten Alis, es ihm zu verraten, blieben unerwidert.

»Habe Angst und habe Mut«, sagte der Wind schließlich, strich ihm die Haare aus dem Gesicht und trocknete den Schweiß auf seiner Stirn.

»Laß uns zu dem Licht gehen«, bat Ali den Wind und tastete sich an der Wand entlang zu dem stetig blinkenden Licht.

Plötzlich spürte er nassen Sand unter seinen nackten Füßen. Er stand am Rande eines spiegelglatten schwarzen Sees. In der Nähe des Ufers saß ein alter Mann in einem Ruderboot und sah ihn erwartungsvoll an.

»Kannst du mich zu dem Licht bringen?« fragte Ali den Al-ten und zeigte zum anderen Ufer. Statt einer Antwort hörte er das Echo, das seine Frage immer wieder neu stellte. Der Alte legte sich einen Finger auf den Mund und bedeutete ihm so zu schweigen. Dann wies er ihn mit einer

Handbewegung an, einzusteigen und begann loszurudern. Nach einer Weile hielt er an.

»Du hast Angst«, bemerkte der Alte leise.

»Ja«, seufzte Ali. »Aber ich habe mich auf den Weg in das Ungewisse gemacht. Wer nur Angst hat, bleibt zuhause. Also habe ich auch Mut.«

»Ich weiß«, sagte der Alte und lächelte. »Manchmal fehlt nur der kleine Mut.«

»Woher weißt du, daß er bei mir ist?« fragte da Ali verwirrt. »Wie kannst du von ihm wissen?«

»Geheimnisse im Leben sind die unausgesprochenen Gedanken, die ein Jeder mit sich trägt. Nur der Wind kann sie hören.«

»So hat er dir die meinigen verraten?«

»Nur wenige verstehen den Wind«, antwortete der Alte und ruderte weiter.

Bald sah Ali, daß das Licht zu einem Leuchtturm gehörte, der sich auf einer Insel befand.

»Du bist angekommen«, sagte der alte Mann. Ali stieg aus dem Boot, und als er sich bedanken wollte, sah er den Alten schon wieder weit draußen auf dem See rudern.

Die Luft hier war kühl, und Ali fröstelte. Im Schein des Leuchtturms erkannte er hohe Palmen an einem endlos langen weißen Strand.

»Nur Mut«, flüsterte der Wind, und Ali rannte den Strand entlang. Bald hörte er den Lärm von Stimmen und geriet auf eine Straße voller schwarzgekleideter Menschen, die geschäftig hin- und hereilten.

»Kannst du mir sagen, wo ich hier bin?« fragte er einen Mann, der seinen Esel vor sich hertrieb. Doch der war viel zu beschäftigt, seinen störrischen Freund zum Laufen zu bringen und antwortete nicht.

Ali lief weiter. Neugierig beobachtete er das Treiben in der Stadt. Immer noch war es Nacht, und er fragte sich, warum niemand schlief. Und obwohl er schon seit langem nicht geschlafen hatte, fühlte er sich frisch und munter wie nach einem langen erholsamen Schlaf.

So zog er durch die Straßen, betrachtete die prächtigen,

von vielerlei Lichtern beleuchteten Bauten und wunderte sich, daß er nirgendwo den Himmel sah.

»In was für einem seltsamen Ort sind wir nur gelandet?« fragte er den Wind.

»Hört ihr Leut und laßt euch sagen!« rief da plötzlich ein Mann in einem prächtigen Gewand. »Euer König fordert euch auf, jenen Fremdling zu suchen, der heute zu uns gestoßen ist, denn er wird uns den Weg in den Tag zeigen.«

Da drehten sich alle schwarzgekleideten Menschen zu Ali um.

»Da ist der Fremdling«, raunten sie und zeigten auf ihn.

»Weg da!« rief ein Mann, und Ali sah einen Reiter, der plötzlich aus der Dunkelheit aufgetaucht war und sich einen Weg durch die Menge bahnte. Als er vor Ali abstieg, wunderte dieser sich einen Augenblick, plötzlich zwei so unterschiedlichen Wesen wie Mensch und Pferd gegenüberzustehen. Denn in seiner schwarzen Rüstung schien der Reiter zuvor eins zu sein mit dem schwarzen Hengst.

»Ich werde dich zum König bringen.« Der Reiter verbeugte sich ehrerbietig vor Ali und setzte ihn, der in seinem Leben noch nie geritten war, kurzerhand auf das Pferd. Der schwarze Ritter brachte Ali mit sicheren Schritten durch die raunende Menge. Ali spürte in sich eine nie gekannte Heiterkeit. Es war ein Gefühl, das nur der kennt, der die Grenze von Angst und Trauer überschritten hat.

Links und rechts des Weges bemerkte Ali lange Reihen dunkel angestrichener Häuser. Selbst der Palast des Königs war tiefschwarz. Am Schloßeingang fiel Alis Blick auf eine Gruppe alter Männer.

»Das ist der König mit seinen Wesiren«, erklärte der schwarze Ritter, »sie erwarten dich!«

»Welcher ist der König?« fragte Ali und schaute in die Gesichter der Männer, die sich glichen wie ein Ei dem anderen.

»Es ist der, der einen Stock in der Hand hält«, flüsterte der Ritter.

Da erst bemerkte Ali, daß der König im Mittelpunkt der Gruppe stand, und die anderen sich um ihn scharten.

»Sei willkommen, Ali«, begrüßten die Männer den Ankömmling. »Der Erhabene hat unsere Gebete erhört und dich zu uns gesandt.«

Mit diesen Worten begleiteten sie Ali, der immer noch auf dem Pferd saß, ins Schloß.

Dort mußte Ali sich an die Seite des Königs setzen und mit ihm einen süßen roten Saft trinken, den dieser ihm aus einem schweren Tonkrug eigenhändig einschenkte.

»Wie habt ihr von meinem Kommen gewußt?« wandte Ali sich an den König.

»Wir haben dich uns herbeigewünscht. Es hieß, daß nur der den richtigen Weg zu uns finden kann, der die eigenen Grenzen überwunden hat. Einer, der die Angst kennt und sie doch nicht scheut, wenn sie unausweichlich ist. Starke und tapfere Männer, Männer mit kühnem Herzen, Männer wie wir, die dem Tode oft ins Auge geblickt haben, konnten uns nicht helfen. Seit über hundert Jahren leben wir nun schon hier, eingesperrt in die Dunkelheit der ewigen Nacht. Aber vielleicht sind wir ja schon längst tot und wissen es nur nicht.«

»Ihr erscheint mir sehr lebendig«, antwortete Ali, »doch sagt mir, was ihr von mir wollt?«

»Wie bist du hierhergekommen?« fragte der König, und während Ali ihnen seine Geschichte erzählte, rückten die alten Männer näher an ihn heran und hingen wie gebannt an seinen Lippen.

»Das ist ein neuer Weg«, murmelten sie.

»Kannst du ihn uns zeigen?« bat der König.

Ali schaute sie irritiert an und und nickte.

»Nun werden wir dir unsere Geschichte erzählen«, erklärte der König. »Und dann finde heraus, was wir zu tun haben! Auch ich ging einstmals fort auf die Suche nach Abenteuern. Nach vielen Tagen gelangte ich an einen Brunnen, aus dem mir eine liebliche Musik entgegenschlug. Als ich in ihn hinabstieg, um den Klängen der Musik zu folgen, fand ich mich plötzlich in einer Stadt wieder, in der es immer Nacht ist. Alle, die du hier siehst, sind in diesen Brunnen gestiegen, und wir alle haben den Weg zurück nicht gefunden. Wir waren groß und stark, herrlich und tapfer und doch zur Unfähigkeit verdammt. Je älter wir werden, umso ähnlicher werden wir uns. So ist es letztlich auch egal, wer von uns König ist. Heute bin ich es und morgen ein anderer.

»Und all die Menschen, die ich auf meinem Weg zum Schloß traf?« fragte Ali.

»Viele sind den gleichen Weg gegangen wie wir. Andere können sich nicht einmal daran erinnern.«

»Und warum seid ihr nicht zurückgegangen?«

»Nun, weißt du denn den Weg zurück?« antworteten die Alten und schauten ihn mit dem gleichen gespannten Gesichtsausdruck an.

»Natürlich weiß ich ihn!« sagte Ali und sah verwirrt, wie die Männer um ihn erleichtert aufatmeteten, lachten und sich gegenseitig auf die Schultern klatschten.

»Zeig uns den Weg, den du gegangen bist«, bat ihn der König. »Führe uns hinaus aus dem Leib der Schlange!«

So erfuhr Ali endlich, wohin er gelangt war, und Grauen erfaßte ihn. Nun erst begriff er die Dunkelheit, die ewige Nacht, in der diese Menschen lebten.

»Warum hast du micht nicht gewarnt?« fragte Ali den Wind.

»Der Mut hätte dich verlassen«, antwortete dieser. »Und ich wollte bei dir bleiben.«

Am nächsten Morgen, der ja eigentlich keiner war, denn es war noch immer Nacht, machten sich die Menschen dieser merkwürdigen Stadt auf den Weg und folgten Ali, der mit dem König und dessen Wesiren voranschritt. Endlich erreichten sie den Leuchtturm. Zu ihren Füßen lag der Strand.

»Auf der anderen Seite des Sees befindet sich das Boot«, erklärte Ali. Der König befahl, Boote herbeizuschaffen, und bald ruderte die Bevölkerung der ganzen Stadt zum anderen Ufer des Sees. »Denke an das Echo«, erinnerte der Kleine Mut Ali, und dieser sagte allen, daß sie bei ihrer Ankunft auf keinen Fall sprechen durften.

Der alte Mann, der Ali bei seiner Hinfahrt über den See

gerudert hatte, war nicht mehr da. Doch ein leises Echo, die Frage, die Ali ihm damals gestellt hatte, war noch immer zu vernehmen, und Ali erinnerte sich so, aus welcher Richtung er gekommen war.

So liefen sie alle hinter Ali her, und sicher führte er sie aus dem Leib der Schlange hinaus, die, als sie keine Menschen mehr in ihrem Inneren beherbergte, in sich zusammenfiel. In diesem Augenblick lösten sich auch die Dämonen, die die Stadtmauern bewacht hatten, in Luft auf.

Ali gründete dort eine neue Stadt, und die Menschen, die er aus dem Schlangenleib befreit hatte, wählten ihn zum König. Der Kleine Mut blieb noch eine Weile bei ihm, dann aber holte ihn sein großer Bruder, der Wagemutige, zu neuen Abenteuern ab.

Manchmal, wenn es nötig war, aber rief Ali ihn zu sich.

Denn immer wieder hatte er auch später noch in seinem Leben Angst.

Die Tür

All die anderen Leben, die ich gelebt habe. Die Welten, die ich gesehen habe. Die Menschen, denen ich begegnet bin. Davon will ich euch erzählen, und am Ende wird eine Frage im Raum stehen. Zwischen euch und mir. Doch die müßt ihr finden und mit ihr die Antwort.

Damals, als ich das erste Mal das Sonnenlicht sah, dauerte mein Leben so lang wie ein Menschentag. Doch für mich war dieses Leben eines der längsten, das ich je gelebt habe. Ein fröhliches Leben, das sich nur im Jetzt bewegte und seine Kraft aus dem Vergessen schöpfte. So starb ich schließlich auch, weil ich mich nie der Gefahren erinnern konnte, denen ich entronnen war.

Später jedoch, in dem anderen Leben, spürte ich in mir die Flügelschläge des kleinen Falters, der ich einst gewesen war, erinnerte ich mich an ein anderes Dasein. Wenn ein Sonnenstrahl in meine Augen fiel, wollte ich fortfliegen. Sah ich einen Falter, versuchte ich ihm zu folgen. Die Farben des Himmels ließen mein Herz frohlocken oder verdüsterten es. Ich erinnerte mich an die Nässe auf meinen Flügeln, und ich schüttelte mich. In jenem Leben befand ich mich im Hier und Dort, im Jetzt und Damals.

Wie soll ich all meine Leben aufzählen? Viele waren es, und ich bin froh darüber. Später, als Mensch, habe ich dann viele Menschenleben gelebt. Und mit jedem Leben trug ich schwerer an den Erinnerungen an all die anderen Leben. Manchmal versuchte ich zu vergessen und nur im Jetzt zu verweilen wie der kleine Falter, der ich einst gewesen war. Doch die Vergangenheit ist gegenwärtig und ein Teil des Jetzt.

Das erkenne ich in diesem Leben. Und das so klar.

Darum werde ich euch heute die Geschichte eines Mädchens erzählen.

Fatima auf Sansibar

Die große geschnitzte Haustür, eine von zahllosen Türen ihrer Art in den dunklen, engen Gassen der Altstadt von Sansibar, ließ sich nur schwer bewegen. Laut knirschte sie in ihren Scharnieren und knarrte, wenn sie geöffnet wurde.

»Die Tür lebt«, staunte Fatima.

»Vielleicht lebt in ihr der Geist eines früheren Bewohners«, meinte Abdul, ihr Bruder.

Fortan betrachtete Fatima die Tür mit mehr Ehrfurcht und Respekt, als sie es zuvor getan hatte.

Eines Tages hieb ein Unbekannter mit einem scharfen Gegenstand in die Tür. Er hinterließ eine scharfe Spur in dem rechten Flügel und beschädigte das Schnitzwerk an seinem Rande. Als Fatima den Schaden näher untersuchte, sah sie plötzlich, wie sich dort, wo die Spur der Zerstörung begann, ein goldgelber Tropfen bildete, der langsam auf der Schnittspur nach unten lief.

»Die Tür weint«, sagte Fatima. Mit ihrem Finger fing sie die goldene Träne auf und sprach tröstende Worte zu der geschnitzten alten Tür.

»Die Tür lebt«, wandte sie sich an Abdul. »Ich habe ihre Tränen gesehen!«

Damals war Fatima noch ein Kind, und die Leute nahmen sie nicht ernst. Doch sie wurde älter, und immer noch sprach sie mit der Tür. Die Leute schüttelten die Köpfe über sie, und Abdul schämte sich seiner Schwester, die inzwischen alle für verrückt hielten.

»Sag nicht einen solchen Unsinn, sonst wird kein Mann um dich freien!« drohten ihr die Frauen.

Abends, wenn die Hitze des Tages nachgelassen hatte und ein frischer Wind vom Ozean über die Insel strich, gingen alle nach draußen. Bis es Zeit zum Schlafen war, spielten die Kleinen in der kühlen Abendluft, und die Großen machten noch einen letzten Spaziergang. Fatima setzte sich dann auf die Stufe, betrachtete die Tür und sprach mit ihr.

In Gruppen gingen die Mädchen des Ortes an ihr vorbei.

»Willst du nicht mit uns gehen?« fragten sie und lachten dann. »Was hat die Tür dir denn heute Geheimnisvolles erzählt?«

Die jungen Männer machten sich über Fatima lustig und bewunderten zugleich ihre Schönheit.

»Fatima kommt als Ehefrau nicht in Frage«, sagten ihnen ihre Mütter. »Sie ist nicht ganz richtig im Kopf!« Und sie erzählten ihren Söhnen Geschichten von Frauen, die ihre Männer verhungern und ihre Kinder aus Unachtsamkeit zu Tode kommen ließen.

Eines Nachts knirschte die Tür wie unter Schmerzen laut auf. Fatima versteckte sich hinter dem Treppenabsatz. Von dort sah sie den Schatten, der sich ins Haus schlich. Sie lief ihm mit leisen Schritten nach und beobachtete, wie er im Innenhof in das Wasserbecken stieg, sich mit verhaltenen Seufzern Erfrischung holte, um danach schnell und behende zur Tür zurückzulaufen und in ihr zu verschwinden.

Fatima sah nur noch die Tür. Betrachtete ihr reiches Schnitzwerk, fühlte die Bewegungen der Blätter und Ranken auf ihrer Oberfläche, lebte in ihnen.

Sie vergaß zu essen, und ihre Mutter mußte sie schließlich füttern. »Du bist kein kleines Kind mehr«, schimpfte sie. »Womit, oh Gott, habe ich das verdient? Warum bestrafst du mich mit diesem Kind?«

Sie suchte die verschiedensten Ärzte auf, denn Fatima glich immer mehr einem mageren Vogel. Bald wog sie so wenig wie eine Feder, und aus ihrem knochigen Gesicht glühten ihre schwarzen Augen wie Kohlen.

Abdul mußte sie tragen, da ihre dünnen Beine zu schwach geworden waren. Die Ärzte sagten, sie sei krank, und sie gaben ihr Medizin, die sie erbrach.

Abdul mußte sie zu der Tür tragen, wo sie am liebsten saß.

Abdul machte sich Sorgen. Er sah, wie sie die Tür betrachtete und ihre Finger zärtlich über die alte Wunde strichen.

»Die Tür lebt«, flüsterte sie ihm zu.

Eines Tages fand er sie nicht mehr auf dem Lager an der Tür, wo er sie auf eine Decke gelegt hatte. Er suchte sie im ganzen Haus, getrieben von der dumpfen Ahnung eines Geheimnisses, das sie ihm nicht mitgeteilt hatte. Er rief ihren Namen, und als er keine Antwort erhielt, setzte er sich erschöpft auf die Stufe an der Tür. Er betrachtete sie und sah, daß die alte Wunde, die ihr ein Unbekannter vor vielen Jahren zugefügt hatte, verschwunden war. Eine goldgelbe Träne hatte sich in dem geschnitzten Blattwerk am Rande der Tür angesammelt.

Zärtlich nahm er sie mit seinem Finger auf.

»Die Tür lebt«, flüsterte er.

Die Baobab-Hexe

Bereits am frühen Abend hatte Hamedi sich auf sein Lager gelegt, und bald war er eingeschlafen. Irgendwann hatte seine Mutter ihn geweckt.

»Das Abendessen ist fertig«, hatte sie ihm zugerufen.

Hamedi hatte sich aufgesetzt, die Augen gerieben und gegähnt.

»Was ist nur los mit dir?« hatte Zuena gefragt. »Warum bist du so müde?«

Hamedi hatte ihr nicht geantwortet. Er setzte sich nach draußen zu den Frauen und aß dort schweigend Ugali mit Fisch.

»Was machst du für ein Gesicht?« fragte Mutter gereizt. »Schmeckt dir mein Essen nicht?«

»Doch«, murmelte Hamedi und verschluckte sich fast dabei.

»Seit Tagen hängst du nur herum!« schimpfte sie weiter. »Bist du krank?«

»Ich habe Kopfschmerzen«, flüsterte Hamedi, »und meine Glieder tun mir weh.«

»Dann lege dich wieder schlafen!« meinte Großmutter und schaute ihre Tochter tadelnd an. »Laß den Jungen doch in Ruhe!«

Dankbar zog Hamedi sich ins Haus zurück, legte sich auf sein Lager, rollte sich zusammen und schloß die Augen. Der Schlaf wollte nicht gleich kommen, und so hörte er, wie die Frauen sich leise unterhielten.

»Ich mache mir Sorgen um ihn«, verteidigte Mutter sich. »Er will nur noch schlafen!«

»Er ist noch jung und braucht viel Schlaf«, versuchte Großmutter sie zu beruhigen.

»Ich bin jünger als Hamedi und schlafe viel weniger! Wie kommt denn das?« wollte Zuena wissen.

»Ach, laß den Jungen doch in Ruhe!« wiederholte Großmutter.

Hamedi lächelte mit geschlossenen Augen.

Endlich sah er wieder die Tür, in deren Mitte sich das kreisrunde Licht befand. Er zwängte sich hindurch und stand plötzlich vor dem großen alten Baobab in der Nähe des Hauses.

Aus dem dicken Stamm ragten blätterlose Zweige nach allen Seiten. An manchen hingen die pelzigen eiförmigen Baobab-Früchte. Bei dem Gedanken an das saure Innere der Früchte floß Hamedi das Wasser im Munde zusammen. Früher hatte er sie mit Stöcken vom Baum heruntergeschlagen und Mutter gebracht. Sie hatte die harte Schale aufgebrochen, die mit feinem saurem Mehl umfaßten Kerne mit Wasser und Zucker gemischt, und ihm so einen Saft zubereitet.

Mit all seinen Sinnen suchte er jetzt den großen Baum ab, der sich majestätisch gegen den Sternenhimmel erhob.

Da! Endlich vernahm er das leise Trommeln, das ihn die letzten Nächte begleitet hatte. Der sanfte, auf und abschwellende Rhythmus kam näher und näher, nahm an Stärke zu, und bald sah er sie, die die Trommel für ihn schlug. Ihre langen schwarzen Haare umschmeichelten ihre nackten Schultern. Ihre dunkle Haut strahlte im hellen Licht des Mondes. Lachend winkte sie ihm zu, schlug die unzähligen kleinen Trommeln und tanzte auf den weitgefächerten Zweigen.

Mit fiebrigen Augen starrte Hamedi sie an, und langsam ergriff die Musik von seinem Körper Besitz. Die ganze Nacht tanzte Hamedi wie besessen zu den Rhythmen der schönen Baobab-Hexe.

»Schneller, schneller!« feuerte sie ihn an, lachte und schlug wie wild die Trommeln.

Hamedi rang nach Atem, spürte die Müdigkeit in seinen Beinen und vermochte doch nicht innezuhalten in seinem Tanz. Er wußte, daß die Hexe in der Nacht auflebte und den Tag fürchtete. Als die erste Sonne hinter den Wolken hervorbrach, verschwand sie mit einem lauten schrillen Lachen in dem knorrigen Stamm des uralten Baobab.

Stöhnend wälzte Hamedi sich auf seinem Lager. Er fühlte sich wie zerschlagen, und doch wußte er nicht woher.

Als er spät am Vormittag aus dem Haus trat, setzte er sich in den Schatten des Baobab. Ihm war, als hörte er aus der Ferne den Klang von Trommeln.

Die Maske aus Ebenholz

Der weiße Mann hatte ihm den Auftrag gegeben. Eine Maske sollte er für ihn schnitzen. Eine besondere Maske. »Eine, wie ihr sie für eure Tänze benutzt«, hatte er gesagt. »Ich bezahle dich gut.«

Daniel konnte das Geld gebrauchen. So hatte er eingewilligt. Der weiße Mann hatte ihm das schwarze Ebenholz beschafft, und Daniel hatte sich mit dem Holz, seinen Werkzeugen und etwas Maismehl in den Busch, weit weg von seinem Dorf am Meer, verzogen.

Der Platz, den er für seine Arbeit ausgesucht hatte, befand sich verborgen hinter einem riesigen Termitenhügel. Er hatte Holz gesammelt und aus dem nahen Bach Wasser geholt. Dann hatte er sich an das leise lodernde Feuer gelegt, die Augen geschlossen und an seinen Auftrag gedacht.

Als Junge hatte er gelernt, die Ahnenmasken herzustellen. Er sollte sein Wissen keinem Fremden und keiner Frau mitteilen. Daniel lächelte im Halbschlaf. Frauen waren sonderbare Wesen. Sie wollten immer alles wissen, und er hatte höllisch aufpassen müssen, nichts an seine Schwestern zu verraten. Inzwischen war er groß, obwohl er schon damals als Mann galt. Jetzt mußte er sich nicht mehr auf die Lippen beißen, um die Worte zurückzudrängen, die über sie stolpern wollten. Nun war er älter, und er wußte, wie er sie zähmen konnte.

Doch jetzt war er im Begriff, eine der geheimen Masken für einen Fremden zu schnitzen. Er schob den Gedanken daran beiseite, setzte sich auf und betrachtete das Ebenholz. Sanft strich er über den dunklen Kern, der vom weniger edlen, hellen Holz umgeben wurde.

»Das Holz sagt dir, was du schnitzen sollst«, hatte ihm sein alter Lehrer damals in der Jungenbuschschule gesagt.

Mit den selbst hergestellten Werkzeugen löste Daniel

langsam und gewissenhaft das schwarze Innere des Ebenholzes heraus. Schweiß stand auf seiner Stirn und tropfte ihm in die Augen.

Daniel betrachtete den dunklen Kern, der nach Stunden harter Arbeit endlich vor ihm lag. Er war leicht wellenförmig, und an seinem oberen Rand befand sich eine runde Fläche. Zögernd fing Daniel an zu schnitzen.

Der Anfang fiel ihm schwer, doch dann saß er viele Tage lang über die Figur gebeugt, die unter seinen Händen entstand. Einsame Stunden, in denen er die Arbeit nur unterbrach, um etwas zu essen oder zu trinken, und um das Feuer neu zu entfachen.

Irgendwann lag die Figur vor ihm, und er starrte sie mit fiebrigen Augen an. Großvater hatte ihm von diesen Wesen erzählt, die zur Hälfte Mensch, zur Hälfte Fisch sind.

»Sie leben im Meer, und sie sind wunderschön«, hatte Großvater gesagt.

»Und wer sie sieht, lebt in großer Gefahr. Er wird verrückt oder folgt ihnen ins Meer und kommt darin um.«

Daniel schaute die Figur lange an. Sie war sein Geschöpf, er hatte sie aus dem Holz geschnitzt, das ihm der weiße Mann gebracht hatte.

Plötzlich fiel ihm der Auftrag wieder ein, der damit verknüpft war. Er sollte doch eine Maske für den Fremden herstellen. Diese Figur aber war die einer Meerfrau, eines Wesens, das er nur aus Erzählungen kannte.

»Trage mich zum Meer«, verlangte da die Figur und schaute Daniel fordernd an.

Erschrocken rieb Daniel sich die Augen.

»Wer bist du?« fragte er.

»Danke, daß du mich geschnitzt hast!« sagte das Wesen. »Und nun bringe mich ins Meer, wo ich hingehöre.«

»Aber ich träume doch, und du bist nicht wahr«, schüttelte Daniel den Kopf.

»Ich bin so wirklich wie die Finger an deiner Hand und die Augen in deinem Kopf«, antwortete die Meerfrau.

Daniel schaute seine Hand an und berührte dann ganz sachte das seidig glänzende Haar der Figur.

»Glaube mir«, sagte sie lächelnd. »Mich gibt es wirklich.«

»Aber, wie kommst du in diesen Stamm, wie konntest du in dem Baum leben, aus dem ich dich geschnitzt habe?«

»Solange ich in dem Baum war, gehörte ich zu ihm. Nun gibt es ihn nicht mehr. Er wurde gefällt und verkauft. Es gibt nur noch mich und das bißchen Holz, das einst meine Hülle war. Nun bin ich ein Geschöpf des Meeres, und du bringst mich dorthin.«

Daniel schüttelte den Kopf, denn er begriff ihre Worte nicht. Er verstand nur, daß er sie ins Meer bringen sollte. Und das widerstrebte ihm. Je mehr er sie betrachtete, desto mehr begehrte er sie. Zunächst hatte er sie nur als das Produkt seiner Schnitzkunst verkaufen wollen, um an all jene Dinge zu kommen, die er für den Alltag brauchte. Dann wollte er sie selber besitzen, sie stolz vorzeigen und anschauen, wann immer es ihm danach war. Doch je länger er sie betrachtete, desto lebendiger erschien sie ihm, und desto mehr begehrte er sie mit seinem ganzen Herzen.

»Erfülle mir diesen einen Wunsch«, bat sie ihn. »Trage mich zum Meer, und ich werde dir alle deine Wünsche erfüllen!«

»Wenn du mich verläßt, werde ich sterben«, seufzte Daniel.

»Ich verlasse dich nicht«, antwortete sie sanft.

Niemand sah Daniel, als er mit ihr auf den Armen zur Küste lief.

Als er nach einigen Wochen noch immer nicht in sein Dorf zurückgekehrt war, suchte die ganze Verwandtschaft nach ihm. Doch Daniel wurde nie wieder gesehen.

Während einer stürmischen Nacht geriet ein kleines Fischerboot weit draußen im Meer in Bedrängnis. Da sahen die Männer plötzlich Daniel in Begleitung einer wunderschönen Meerjungfrau aus den Fluten auftauchen. Sie hielten das Boot während des Sturms fest und bewahrten es so vor dem Kentern. Als das Meer sich endlich wieder beruhigt hatte, bedankten die Fischer sich bei dem Mann und der Meerjungfrau. Doch kaum hatten sie ihren Dank ausgesprochen, verschwanden die beiden in den Tiefen des Meeres. Viele Geschichten werden seitdem über Daniel erzählt, und immer wieder halten die Fischer Ausschau nach ihm und seiner Frau.

Der Tag des Regenbogens

Heute hat der große Regen begonnen. Wir haben lange darauf warten müssen. Gut, daß Nataki, mein Vater, unsere Hütte ausgebessert hat. Ich habe ihm geholfen, das Gras dafür zu schneiden. Nun sitzen wir im Trockenen.

Chitumbo hat nicht aufgepaßt, und jetzt jammern seine Leute und suchen nach Gras, um das Dach ihrer Hütte dichtzumachen. Doch die Zeit dafür ist eigentlich vorbei. Viel Gras ist verbrannt, und viel Gras ist geschnitten.

Am Morgen hat der Himmel uns den Regenbogen geschickt.

Er war so schön wie ein Regenbogen nur sein kann, und sein Lauf führte direkt über unser Dorf.

»Das bedeutet Unheil!« hat die alte Idfa geschrien. »Schlagt Eisen auf Eisen, damit der Regenbogen verschwindet und mit ihm das Böse!«

Wir sind in unsere Hütten gerannt und haben mit unseren Äxten und Messern aufeinandergeschlagen.

»Wer will uns bestrafen?« hat Idfa weiter geschrien. »Was haben wir getan?«

Idfa ist in ihre Hütte gegangen, und ich habe sie seither nicht mehr gesehen. »Sie befragt die Ahnen«, hat Vater gemeint.

Ich fürchte mich vor Idfa und ihrem Zauber. Ich glaube, alle haben Angst vor ihr.

Wenn sie manchmal mit uns zusammensitzt, habe ich das Gefühl, daß sie in Gedanken ganz woanders ist, nicht bei uns.

Dann kann es passieren, daß sie mich lange anguckt und mich trotzdem nicht sieht. Ganz heiß wird mir dabei zumute, und am liebsten möchte ich sie anschreien und von mir schütteln wie eine lästige Fliege. Aber ich kann das nicht.

Wenn Nataki auf die Jagd geht und mit Fleisch zurückkommt, ist ein Teil davon für Idfa bestimmt. Dann muß ich ihr das Stück bringen.

Idfa achtet nicht auf mich. Meist sitzt sie auf ihrem Lager und starrt vor sich hin. Manchmal höre ich sie mit den Geistern reden. Ich fürchte mich vor ihnen, obwohl sie nicht immer böse sind. Ich muß sie ehren, denn sie sind ja auch meine Ahnen.

»Wir müssen uns gut mit ihnen stellen«, sagt Nataki immer, »sie begleiten uns überall. Auf der Jagd stehen sie neben mir und helfen mir, Pfeil und Bogen gut zu führen. Ich muß ihnen dafür danken.«

Idfa ist von ihnen auserwählt worden. Manchmal wird sie selber zu einem unserer Ahnen. Nataki hat sie einmal aus ihrer Hütte fliegen sehen.

Ich sehe Idfa aus ihrer Hütte treten. Für einen Augenblick steht sie still da in der grellen Mittagssonne und kneift die Augen zusammen. Ihr Gesicht ist ernst.

Wir haben schon seit Tagen auf diesen Moment gewartet.

Was haben die Ahnen uns durch den Regenbogen sagen wollen?

Weiß Idfa das nun?

Mit langsamen und schleppenden Schritten geht Idfa auf den Dorfplatz und setzt sich unter einen Baum. Wir alle folgen ihr, und die Älteren setzen sich zu ihr.

Ich stelle mich weiter weg. Ich bin zu jung, und ich gehöre noch nicht zu der Gruppe der Älteren.

Ich habe Angst.

Es ist still, und alle scheinen in dieser Stille auf etwas zu lauschen.

Das Baby von Peso fängt an zu wimmern, und die Mutter wiegt es sachte.

Idfa öffnet ihren zahnlosen Mund und beginnt leise zu singen. Dabei bewegt sie ihren mageren Oberkörper hin und her. Ich verstehe ihre Worte nicht, doch die Männer und Frauen meines Dorfes nicken dazu. Einer der Männer schlägt die Trommel. Ein zunächst leiser, dann immer lauter werdender dumpfer Klang.

Die Musik schüttelt mich und zwingt mich zum Tanz. Ich schlage um mich und schreie.

Oder ist es Idfa, die schreit?

Ich laufe weg vor ihr, die mich festhält.

Ihr alter Körper sackt zusammen, und ich sehe die Frauen aufschreien. Mein Körper schmerzt.

Nataki kommt zu mir gelaufen und nimmt meine Hand. Ich wehre ihn ab. Er ist freundlich und will mich zu einer kleinen Hütte führen. Die anderen Männer und Frauen schauen mich mit schreckgeweiteten Augen an.

Sie haben Angst vor mir, doch daran habe ich mich gewöhnt. Nataki gibt mir etwas zu trinken, und seine Frau nimmt mich in ihre Arme.

»Warum weinst du?« frage ich sie.

Die anderen kommen hinzu und starren mich an. Meine Glieder tun mir weh, und ich merke, wie müde ich bin. Ich löse mich von ihnen und gehe in meine Hütte. Die Feuerstelle ist kalt, das Dach hat Löcher. Ich muß lange fortgewesen sein. Ich entfache das Feuer und wärme meine Hände.

»Was willst du?« frage ich Nataki, der mir gefolgt ist.

»Ich bringe dich nach Hause.«

»Ich bin in meiner Hütte«, sage ich.

»Hier hat Idfa gewohnt«, erwidert er.

»Ich bin Idfa.«

Nataki zuckt zusammen.

»Siehst du denn nicht, daß ich Idfa bin?« frage ich ihn.

Nataki schüttelt den Kopf und geht mit hängenden Schultern aus meiner Hütte.

Diese Menschen, denke ich, nie geben sie Ruhe!

Ich schließe die Augen und sehe vor mir den Regenbogen über unserem Dorf. Wir müssen Eisen auf Eisen schlagen, um das Unglück abzuwenden, das auf das Dorf zukommen will. Das haben mich die Ahnen vor langer Zeit wissen lassen.

Nataki kommt zurück. Diesmal mit seiner Frau und ihren Kindern. Die Frau schaut mich an und weint. Die Kinder verstecken sich hinter ihrem Rücken. Das ist schon immer so gewesen.

»Komm zu uns zurück«, bittet die Frau.

»Was redest du da?« fahre ich sie zornig an. »Ich lebe hier!«

»Nein«, antwortet sie. »Du bist mein Kind! Du bist nicht Idfa! Idfa ist tot!«

»Aber ich lebe doch!«

Ich verbiete ihnen, mich weiter zu besuchen. Ich kann ihre Nähe nicht mehr ertragen. Die Stimmen der Geistwesen sind lauter geworden, und ich kann die der Lebenden nicht mehr neben ihnen dulden. Ich schlage die Trommel und spreche mit ihnen. Ich tanze und fliege mit ihnen in ihr Reich. Sie lehren mich, die Krankheiten der Menschen zu heilen und Zeichen zu verstehen, die sie mir senden werden. Auch den Regenbogen haben sie uns gesandt.

Die Leute im Dorf stören mich. Nataki kommt jeden Tag und bringt mir manchmal Fleisch.

»Du bist meine Tochter«, sagt er dann.

Die Geistwesen lachen über ihn. Manchmal werden sie aber auch zornig, und ich muß sie besänftigen.

»Deine Tochter ist tot«, sage ich ihm, doch er will das nicht begreifen.

Ich weiß, daß dieser Narr mich töten will.

Seine Kraft reicht aber nicht aus, denn ich bin Idfa, die Heilerin, und die Ahnen stehen hinter mir.

»Die Ahnen haben dich verlassen!« schreie ich ihm zu.

Doch Nataki ist unbelehrbar, ruft die Geistwesen zu Hilfe, brüllt und fleht, daß es mir in den Gedärmen schmerzt.

Ich kenne den alten Heiler aus dem Dorf am großen Fluß. Unsere Ahnen haben einst in derselben Hütte geschlafen.

Er kommt mit seiner Trommel und den vielen Schellen.

Sein Körper ist bedeckt mit Lumpen, und auf dem Kopf trägt er eine große Maske. Die Männer schlagen die Trommel, und er tanzt auf meine Hütte zu. Ich spucke in seine Maske, drehe mich um und setze mich auf meine Matte.

»Er ist kein Heiler«, schreie ich und schlage meine Trommel.

Die Geistwesen hocken sich um mein Feuer.

»Tötet ihn«, fordere ich sie auf, »warum zögert ihr?«

Nataki kommt in meine Hütte und beugt sich zu dem Körper des Mädchens. Ich kenne sie schon lange. Früher hat sie mir Fleisch in die Hütte gebracht.

Sie ist tot, und Nataki drückt ihren Körper weinend an sich.

Draußen höre ich die Frauen laute Schreie ausstoßen. Ich gehe aus der Hütte und sehe, wie der Maskentänzer die Hütte anzündet.

Niemand kann mich sehen.

Die Tochter der Ahnfrau

Schon als Kind habe ich in meinen Träumen gelebt. In ihnen führte ich die Gespräche weiter, die ich am Tag nicht beendet hatte, sah ich wunderbare Gestalten, fremde Stätten und Welten, die nur eine Träumende sehen kann.

Und so sah ich auch dich bereits in meinen Träumen, lange bevor ich dir unter der Sonne begegnete.

Als du noch lebtest, habe ich dich oft gerufen, doch es gab eine Zeit, da hast du mich nicht gehört. Die Welt des Traumes ist meine Welt mit dir geworden, und wenn ich nicht mehr bin, wirst auch du nicht mehr sein.

Heute Nacht habe ich wieder von dir geträumt.

In den Bergen meiner Heimat befindet sich der Heilige Stein. Er hat die Form eines Frauenkopfes. Hierher kamen die Frauen, brachten der Großen Mutter Speisen, entfachten duftende Feuer, sangen und tanzten. Als ich zur Frau wurde, nahmen sie mich dorthin mit, und während ich mit ihnen sang und tanzte, spürte ich Schwingungen in der Luft, hörte wispernde Stimmen und den Klang von Trommeln. Unsichtbare Gestalten sprachen mit mir, und für Augenblicke sah ich ihre lichtdurchwirkten Körper. Die Frauen bemerkten die Veränderungen an mir und erkannten die Gunst, die mir von den Ahnen erteilt worden war.

An diesem Tag begann der Unterricht und die Prüfung, durch die mich die Ahnen mit der uralten Medizin unseres Volkes vertraut machten. Sie zeigten mir die Orte, an denen ich sie finden konnte, nahmen mich an die Hand und führten mich zu den Bäumen und Sträuchern, aus denen ich die von ihnen genannten Mittel herstellen lernte.

Während dieser Monate war ich eine Träumerin und eine Sehende.

Die Menschen meines Dorfes ließen mich in Ruhe, denn sie wußten, daß ich von den Ahnen in der heilenden Kraft unseres Volkes unterrichtet wurde.

Die Bösen unter ihnen mieden mich, da sie die Macht der Geister fürchteten. Andere gaben mir zu essen und zu trinken. Das wurde mir später berichtet, denn in dieser Zeit bewegte ich mich mit meiner Seele in jenen verborgenen Welten, die eine Nicht-Eingeweihte nicht sehen kann.

Wenn ich die Menschen ansah, blickte ich in ihr Innerstes und entdeckte hinter ihrer glatten Haut tiefe Furchen, düstere Schatten und scharfe Kanten. Ich sah sie in den verschiedensten Tiergestalten, in denen sie bereits früher gelebt hatten und die immer ein Teil ihres Inneren bleiben.

Ich lernte die Menschen in ihrer Einfachheit und in ihrer Vielschichtigkeit kennen. Ich kannte die Tierahnen eines jeden.

Während meiner Ausbildung zur Heilerin erlebte ich den Schmerz einer Gebärenden, die unendliche Traurigkeit einer Trauernden und die alles zersprengende Freude einer Verliebten. Selbst der tödliche Haß eines Mörders schlich sich in mein Herz ein.

Ich gebar kein Kind, und ich tötete niemanden, aber ich wußte fortan vom Schmerz der Mutter und von der Bereitschaft in uns zu töten.

Ich weiß nicht, wie lange ich damals durch die Wälder und Berge unserer Heimat geirrt bin. Eines Morgens fand ich mich unter einem Baum am Eingang unseres Dorfes zusammengekauert sitzen.

Ich blickte an mir herunter, und für einen Augenblick schämte ich mich. Mein Oberkörper war nackt, um die Hüften trug ich ein schmutzig-braunes Tuch, und meine Haare waren dreckig und verfilzt.

Ich erinnerte mich an eine lange Reise zu den Ahnen und spürte Angst vor den Menschen meines Dorfes, obwohl ich wußte, daß mein Körper immer bei ihnen gewesen war.

Die Sonne warf ihre ersten wärmenden Strahlen auf meine nackten Schultern. Seit langem hatte ich die Vögel nicht mehr singen gehört, seit langem nicht mehr gefroren.

Aus den Hütten hörte ich die ersten Geräusche des Tages, das Weinen eines Babys, das Klappern des Geschirrs für den ersten Tee. Ich lief mit vor der Brust verschränkten Armen zur Hütte meiner Mutter, öffnete vorsichtig die Tür und trat in den ersten Raum, in dem sich ihr Bett befand.

»Komm mein Kind, setze dich zu mir«, hörte ich sie sagen. Mit gesenktem Kopf lief ich zu ihrem Lager, kniete mich vor sie hin und begrüßte sie.

Sie strich mir über den Kopf und sah mich prüfend an.

»Du bist zurückgekehrt«, sagte sie leise, schloß mich in ihre Arme und weinte.

Dann stand sie auf, und machte draußen Feuer. Ich setzte mich an die Glut und erwärmte meine klammen Finger daran.

Es war, als ob ich das Sprechen verlernt hatte.

Mutter gab mir heißen Tee mit viel Zucker, so wie ich ihn früher gemocht hatte. Als ich den ersten Schluck trank, schloß ich die Augen und versuchte so, die Süße des Tees auf meiner Zunge zu halten.

»Du bist müde, mein Kind«, hörte ich Mutter flüstern, und sie fing an, mein Gesicht und die Arme und schließlich den ganzen Körper mit warmem Wasser zu waschen. Ich hielt die Augen geschlossen, und in mir erwachten Gefühle, die ich zum letzten Mal als kleines Kind gespürt haben mochte. Dann zog Mutter mir ein neues Gewand an und flocht mir die Haare.

Als ich die Augen öffnete, sah ich die Nachbarinnen, die sich zu uns ans Feuer gesetzt hatten.

»Sie ist zurückgekehrt«, hörte ich sie flüstern, »sie ist eine eingeweihte Tochter, eine Heilerin!»

Ich stand auf, nickte ihnen zu und ging zurück in die Hütte meiner Mutter.

In den nächsten Tagen kamen sie alle, mich zu besuchen. Sie drückten mir die Hände und brachten mir Geschenke.

Lange Zeit fiel mir das Sprechen schwer, und ich scheute mich vor der Begegnug mit den Menschen.

»Das ist immer so«, sagte Mutter. »Wenn eine von uns

aus der Welt der Ahnen zurückkehrt, braucht sie Zeit, um sich hier zurechtzufinden.«

Andere Heilerinnen, eingeweihte Töchter wie ich, kamen und besuchten mich.

»Oh ja«, sagten sie, »wir kennen den Weg, den du gegangen bist!«

Gemeinsam suchten wir den Heiligen Stein auf, und dort bat ich die Ahnen, mich nun als Heilerin anzunehmen.

Wir sangen und tanzten die ganze Nacht, und als die Sonne aufging, wußte ich, daß ich aufgenommen war in den Kreis der heilenden Frauen.

Sie lehrten mich nun, mit den Ahnen zu verhandeln und sie zu besänftigen. Oftmals wollen die Ahnen einen Menschen für seine Taten bestrafen, und er wird krank. Manchmal wollen sie sogar seinen Tod, und keine Opfergabe und keine Bitte kann sie davon abhalten.

Ich lernte, Frauen bei der Geburt ihrer Kinder zu helfen. Manchmal wollen diese nicht geboren werden.

»Warum willst du nicht in unsere Welt kommen?« frage ich sie dann.

»Mir gefällt es, wo ich bin«, sagen manche, und »Ich will nicht draußen leben!« sagen andere.

»Du wirst sterben und mit dir deine Mutter!« warne ich sie.

»Der Tod ist ein neuer Anfang«, antworten sie.

Diese Menschen sind weise, und manchmal überzeugen sie mich, und ich lasse sie in Ruhe.

Doch oft kann ich sie auch für das Leben unter uns Lebenden bewegen. Dann drehen sie sich herum und treten heraus in die Welt, die sie vorher abgelehnt hatten. Ich beobachte sie weiterhin, und ich muß sagen, daß sie ihr ganzes Leben voll des Nachdenkens sind. Es ist, als ob sie immer noch abwägen, ob sie damals das Richtige taten, als sie sich für die äußere Welt entschieden.

Seit meiner Einweihung komme ich oft zum Heiligen Stein und suche Rat und Hilfe. Hier erscheint mir die Große Mutter in den verschiedenen Gestalten, in denen sie einen Teil der Antworten auf meine Fragen beherbergt.

Sie ist schön und häßlich, leidenschaftlich und voll Liebe aber auch voller Haß, lieblich-jung und verwittert-alt.

Sie ist alles, was alles ist.

Mein Geliebter, du bist ungeduldig, denn ich berichte von den Dingen, die dich nicht interessieren. Doch ich muß sie dir erzählen, damit du verstehst, warum ich dich getötet habe.

Als wir uns trafen, war ich schon längst eine eingeweihte Tochter. Die Menschen sprachen über mein heilendes Wissen, und sie kamen von weither, wenn sie Hilfe brauchten.

Du kamst aus einem Dorf an der Küste und wußtest nichts von den Gesetzen unserer Heimat in den Bergen. Du ahntest nicht, daß wir über Wissen und Mittel verfügen, die euch schon längst durch den Handel mit den anderen Völkern, denen ihr begegnet seid, verloren gegangen sind. In eurer Sprache und in eurem Denken gibt es keine Große Mutter mehr. Die Geister eurer Vorfahren haben euch schon längst verlassen, und vielleicht habt ihr dies nicht einmal gemerkt.

Ich weiß noch heute, wie ich dich das erste Mal am Dorfeingang traf. Wie ein Blitz durchzuckte mich das Feuer deiner Augen und ließ mich innerlich zittern. Du lachtest, da du meine Gefühle erraten hattest.

»Ich bin fremd hier«, sagtest du lässig. »Ich komme von der Küste und wollte einen alten Freund besuchen, mit dem ich früher gearbeitet habe. Vielleicht kennst du ihn? Sein Name ist Tabi.«

Ja, ich kannte ihn, den Sohn von Fata, den, der lange Zeit weggewesen war. Von ihm wußten wir, daß die Küstenleute sich von den Ahnen losgesagt hatten.

Ich zeigte dir den Weg zu Fatas Hütte und ging dann mit diesem eigentümlichen Schmerz in der Brust nach Hause. Ein Gefühl, das ich aus der Zeit kannte, in der ich mit Hilfe der Ahnen zur Sehenden wurde.

Ich mußte nun immer an dich denken, und die Sehnsucht nach dir störte meine Verbindung zur Großen Mutter. Als

Tabi mir erzählte, daß du beschlossen hattest, bei uns zu bleiben, jubelte mein Herz. Doch gleichzeitig sah ich die Freude in den Augen der anderen Frauen, und ich sah, wie sie dir folgten.

Ich versuchte, dich für mich zu gewinnen, doch du hattest Augen für alle.

Ich tat etwas, was ich als Heilerin für mich nicht tun darf. Ich stellte einen Saft her aus der Wurzel des Iko-Baumes, dem Baum der Vereinigung, und ein paar Tropfen in deinem Tee genügten, um dein Herz und deine Sinne für mich zu öffnen. Nun wolltest du nur noch mich besitzen und wurdest mein Geliebter.

Ich wußte, daß die Ahnen mir zürnten, denn ich hatte ihr Gebot verletzt und ihr mir geschenktes Wissen für mich genutzt. Doch ich nahm ihren Zorn in Kauf, nahm ihn auf die leichte Schulter und glaubte, sie mit Geschenken und meinen Liedern besänftigen zu können.

Du hattest nur noch Augen für mich, stelltest mir überall nach und wolltest nur noch mich lieben.

»Sie hat ihn verzaubert«, sagten die anderen Frauen böse.

Nach einem Jahr gebar ich Rahina.

»Auch sie wird eine eingeweihte Tochter werden«, sagte ich zu dir, und du lachtest.

Du hast nicht an die Kraft unserer Großen Mutter, an die Macht der bösen und guten Geister und Dämonen geglaubt. Du warst schon längst ein Anhänger der fremden Küstenreligion. Du wolltest Rahina nicht der Großen Mutter überlassen, sie sollte im Geiste deiner Religion erzogen werden.

Als die Fremden in unsere Heimat einzogen, hast du ihnen beim Bau ihrer Versammlungshütte geholfen. Dann hast du Rahina zu ihnen gebracht und sie ihrer Religion übergeben. Du hast mich und meinen Glauben an die Ahnen mit den Füßen getreten!

Mit jedem Jahr, das Rahina älter wurde, wurde sie mir fremder.

Schon längst hatten deine Liebe und dein Begehren nachgelassen, und die alten Mittel halfen nicht, sie neu für mich zu entflammen.

Mit brennender Eifersucht im Herzen sah ich, wie du die anderen Frauen betörtest. Da war keine, die dir nicht nachgab.

»Was soll ich tun?« fragte ich die Große Mutter, und mit der Stimme des Windes flüsterte sie mir zu, dich gehen zu lassen. Doch das wollte ich nicht, denn ich liebte dich noch immer.

»Nenne mir ein Mittel, mit dem ich ihn zu mir zurückholen kann!« bat ich die Große Mutter.

»Deine Ahnen sind gegen diese Verbindung«, raunte es in der Luft.

So entstand der Gedanke, dich zu töten. Ich wollte deinem Treiben mit den anderen Frauen nicht mehr zusehen, und ich wollte die Macht der fremden Religion über Rahina brechen.

Mutter hatte mir einst von der tödlichen Kraft der Wurzel des Tuli-Baumes erzählt. Ein Mittel, dessen Verzehr den plötzlichen Tod eines Menschen verursacht, ohne daß der Verdacht auf die Ehefrau fällt. Ein Geheimnis, das die Mütter meiner Heimat an ihre Töchter weitergeben mit dem Versprechen, es keinem Mann zu verraten und nur dann anzuwenden, wenn der Ehemann untreu wird.

Nun bist du tot, und seit deinem Tod, den ich betrauert habe, gehörst du mir ganz allein.

Rahina ist nicht bei mir geblieben. Sie ist in das Haus der Fremden gezogen und huldigt dort deren Religion. Ihre Macht habe ich nicht brechen können, und so hat auch die Kraft der Großen Mutter nachgelassen. Immer mehr Menschen haben sie verlassen.

Manchmal kommen noch vereinzelt Kranke auf der Suche nach Heilung zu mir. Ich kenne die uralte Medizin unseres Volkes, spreche die Sprache der Ahnen und verstehe ihre Botschaften an uns. Doch der Zweifel in den Herzen der Menschen überschattet den Weg zu den Ahnen. Schweigen und Dunkelheit verdichten sich zu einer letzten Botschaft, die verloren geht, weil sie nicht gelesen werden kann.

Was bleibt von der Welt, wenn die Menschen sich von den Ahnen abwenden und diese sich von ihnen?

Das Licht

Eine innere Unruhe war es, die mich immer wieder aus dem schützenden Tal hinaustrieb. Ein nie endender Hunger zu wissen, was einmal gewesen war. Die Sehnsucht nach dem anderen Leben, das mir in meinen Träumen als das schönere, bessere erschien.

An manchen Tagen erblickte ich vor meinem inneren Auge Stätten, die ich nie zuvor gesehen hatte. Hörte Laute, fremd und schön, und nahm Gerüche wahr, die mich zutiefst erregten.

Zu jener Zeit, von der ich euch erzählen will, machte ich mich oftmals vor Sonnenaufgang auf den Weg. Dann war die Luft weniger heiß, das Licht noch nicht so gleißend und die Erde kühl.

Die feinen und zartblättrigen Pflanzen hatten sich in der Nacht von der Hitze des Tages erholt und streckten sich nun dem Morgen entgegen, die Eidechsen huschten mit schnellen Bewegungen durch den Sand.

Sie waren wie wir, dank ihrer dicken Haut fähig, trotz der sengenden Nähe der Sonne zu überleben. Auch sie krochen, eng an den Boden gepreßt ihres Weges, bemüht, etwas von der Morgenkühle der Erde aufzunehmen.

Im Gegensatz zur Eidechse aber konnten wir denken und sprechen, und wir hatten eine eigene Geschichte. Wenn die Alten meines Volkes von unserer Zeit erzählten, dann beschrieben sie uns unseren Anfang. Wir hörten, daß wir von den Es-war-da abstammten, dem aufrecht gehenden Volk der Vorzeit. Einstmals, so hieß es, hatten sie eine Welt besessen, die um vieles größer und schöner war als unser Tal, das Tal der War-da. Doch sie hatten diese Welt leichtfertig verspielt und sich selbst dabei verloren.

Wenn wir am Abend unsere erhitzten Bäuche im kühlenden Bach unten im Tal badeten, sprachen wir oft über die Es-war-da. Es hieß, daß sie zu stolz gewesen seien auf sich und auf ihre Macht und dabei unfähig, ihre Täler, Bäume und Bäche zu lieben.

Wir War-da liebten dagegen einander, unsere Gemeinschaft und unser Tal, und ein Leben ohne diese Liebe konnten wir uns nicht vorstellen.

Einige der Alten erzählten manchmal von einem großen Streit zwischen den Es-war-da. Zunächst, so sagten sie, war dieser Streit nur ein Spiel, doch irgendwann wurde aus dem Spiel bitterer Ernst, und es endete mit einem großen Knall, aus dem schreckliche Strahlen aufstiegen, die sengender waren als die der Sonne. Sie verbrannten die Welt der Es-war-da, und nur wenige von ihnen überlebten, verstreut über eine Welt des Feuers und des Todes.

Die ersten War-da kamen in unserem Tal zusammen, das auf wunderbare Weise verschont geblieben war. Hier gab es Wasser, Bäume, Früchte und Tiere. Die War-da fielen sich in die Arme. Sie waren Stumme geworden. Doch trotz der Sprachlosigkeit, die sie miteinander teilten, konnten sie sich noch verständigen.

Das Wissen über die Vergangenheit war das sie unsichtbar verbindende Band.

In den folgenden Generationen entwickelten wir, ihre Kinder und Kindeskinder, eine eigene Sprache, mit deren Hilfe wir unser Dasein beschreiben und Fragen nach unserer Vergangenheit stellen konnten.

An dem Morgen, an dem sich alles veränderte, was war, und die Antworten auf meine Fragen selbst zu Fragen wurden, hatte ich mich während meines Streifzuges auf einen Hügel gesetzt, von dem aus ich einen guten Blick auf die Wüste hatte. Von hier sah ich, wie die Sonne am Horizont aufstieg und Himmel und Erde feuerrot färbte. Als ich spürte, wie sich mein Körper unter ihren Strahlen zu erwärmen begann, wußte ich, daß es nun Zeit war zurückzukehren in das schattige Tal der War-da. Ich hob meinen Kopf und schnupperte, drehte mich um und kroch in die Richtung, aus der ich gekommen war.

Irgendetwas aber war an jenem Tag anders als gewöhnlich. Die mir vertraute Wüste schien sich plötzlich verändert zu haben, der Sand unter meinem Körper war feiner als sonst, und in der Luft hing ein fremder Klang.

Verzweifelt suchte ich nach einem Halt, nach irgendeinem mir bekannten Strauch, Hügel oder Stein.

Ich weiß nicht, wie lange ich so in der Wüste umherirrte. Die Strahlen der Sonne wurden sengender, und auf meinem Rücken und auf meinen Kriechflächen bildeten sich Brandblasen. Immer mehr verlor ich die Orientierung.

Doch irgendwann gelangte ich zu drei mir unbekannten Felsen, die scharfkantig in den roten Himmel hineinragten. Müde ließ ich mich in ihrem Schatten nieder.

Plötzlich spürte ich einen stechenden Schmerz, der meinen Körper zu sprengen schien. Wessen Schrei war es, der da die Stimmen der War-da vertrieb, die mich zu halten suchten? Ich weiß es nicht, und ebensowenig weiß ich, wie lange in mir dieser Kampf gegen den Schmerz und die Qual der Trennung von den War-da tobte. Ich weiß auch nicht, wann der Schmerz aufhörte und die Stille eintrat, die mich danach so wohltuend umhüllte. Mir war, als ob ich aufwachte aus einem tiefen dunklen Schlaf. Wind fächerte mir Kühle zu, und ich spürte ein bisher nicht gekanntes Gefühl, das mich unruhig werden ließ. Später lernte ich das Gefühl benennen: Ich fror.

Ich setzte mich hin, zog die Beine an und umklammerte sie mit beiden Armen. Dabei sah ich mit Erschrecken, daß sich mein Körper und meine Haut verändert hatten. Die dicke Lederhaut hatte mich vor der Hitze aber auch vor dem peitschenden Regen der Regenzeit geschützt. Nun war sie dünn und hell und bot mir keinen Schutz mehr.

Besorgt schaute ich an mir herunter und stellte fest, daß ich aufrecht stand!

Mit einem Schrei ließ ich mich auf den Bauch fallen, preßte den Körper auf die Erde und weinte.

»Ich bin Aftab! Ich bin Aftab! Ich bin Aftab!« wimmerte ich.

Was war mit mir geschehen? Was hatte mich so verändert und warum?

Ich weiß nicht, wie lange ich so zusammengekauert dalag und mein Hiersein betrauerte. Vieles ging mir durch den Kopf. Ich trauerte um den Verlust meines Volkes, den ich durch meine Neugierde selbst verschuldet hatte. Unser Leben wurde nur durch wenige Verbote eingeschränkt. Hatten mir die Älteren nicht verboten, mich zu weit von unserem Tal fortzubewegen? Doch ich hatte die Worte der Alten mißachtet und wurde nun gewiß bestraft dafür.

Aber was für eine Art Strafe war dies?

Ich erinnerte mich an den Schmerz und an die Stimmen meines Volkes. War ich nun tot? fragte ich mich. Hatte auch mich das Schicksal all jener War-da getroffen, die sich zu weit von unserem Stamm fortbewegt hatten? War dies der Tod? Eine dünnere Haut und die Fähigkeit des aufrechten Ganges?

Zum ersten Mal schaute ich mich um. Der Boden war weich, braun und kühl. Große Bäume mit roten Früchten breiteten einladend ihre Zweige nach allen Seiten aus. Bei ihrem Anblick spürte ich ein noch nie zuvor erlebtes Gefühl von Hunger. Wir waren nicht viele gewesen in dem Tal der War-da, und wir hatten uns ernährt von den Blättern und Früchten unserer Bäume. Obwohl wir nicht viel Auswahl hatten, waren wir zufrieden mit dem, was uns das Tal gab. Wir aßen nur, wenn wir Hunger hatten, und da wir selten hungrig waren, aßen wir wenig.

Ich stand wieder auf, pflückte eine der Früchte und biß gierig hinein. Eine solche Frucht hatte es in unserem Tal nicht gegeben, und ich wünschte, meine Schwestern und Brüder wären hier und könnten die Früchte mit mir teilen. Als das Hungergefühl aufgehört hatte, lief ich aufrecht und auf zwei Beinen durch den Früchtewald.

Ich bin ein Es-war-da! dachte ich, während ich weiter lief. Ich glaube, daß ich dabei auch mein Volk vergaß, für Augenblicke vielleicht oder auch für eine Ewigkeit, denn ich weiß nicht, wie lange ich so lief.

Der Früchtewald schien endlos groß. Doch irgendwann wurde es lichter, und ich erblickte eine Wiese zwischen den Bäumen hindurchschimmern.

Vor Freude schrie ich in die Stille hinaus, denn ich hoffte, in unser Tal zurückgekehrt zu sein. Doch dann sah ich an mir herunter. Was würden die War-da über meine neue Gestalt sagen? Würden sie mich überhaupt wiedererkennen?

Meine Schritte wurden langsamer. Vorsichtig näherte ich mich der Lichtung. Ich legte mich auf den Bauch und kroch zitternd aus dem Wald. So groß war meine Angst.

Eine warme Luft, angefüllt mit dem Duft von Blumen und Früchten, schlug mir entgegen, und ich sah vor mir ein Tal, viel schöner als das der War-da. Das Plätschern eines Baches lockte mich. An seinen Ufern wuchsen Blumen in den verschiedensten Farben und Formen.

Ich bestaunte ihre Schönheit und atmete ihren Duft ein, der mich ganz schwindelig machte.

»Willkommen, Aftab«, flüsterten sie mir zu und neigten dabei ihre Köpfe.

Ich trank aus dem Bach, und mir war, als ob ich noch nie etwas Köstlicheres getrunken hatte. Als ich mich umschaute, entdeckte ich Bäume und Büsche voller Früchte. Ich pflückte eine runde goldgelbe Frucht und biß ein Stück davon ab.

Selig schloß ich meine Augen. Mit jedem Bissen stiegen in mir neue wundersame Bilder auf. Ich sah hohe Berge über grünen Wäldern und kristallklaren Flüssen aufragen. Ich sah riesige Meere und in ihnen zahllose merkwürdige Wesen in den unterschiedlichsten Gestalten. Ich sah weite offene Ebenen, auf denen riesige Herden von Tieren dahinzogen, von denen ich noch nie gehört hatte und deren Namen mir fremd waren.

Diese Bilder hielten mich fest, und als ich die Frucht gegessen hatte, hielt ich die Augen weiter geschlossen. Ich war wie verzaubert – denn ich hatte die Vorzeit gesehen.

Als mein Hunger und Durst gestillt waren, verblaßten die Bilder und zurück blieb Trauer. Ich wehrte mich, meine Augenlider zu öffnen, unter denen sich die Tränen sammelten.

Ich wollte im Reich des Traumes und des Vergessens verweilen, keineswegs aber zurückkehren in eine Welt, die vor allem Verlust bedeutete.

Doch der vielfältige Gesang der Vögel ließ mich schließlich die Augen öffnen und um mich schauen. Sie saßen in ihren bunten Federkleidern auf den Zweigen der Bäume und Büsche und sangen mir die Lieder der Sonne. Und während ich ihren Liedern lauschte, löste sich die Trauer aus meinem Herzen.

»Wir singen für dich«, wandten die Vögel sich an mich.

»Wer seid ihr? Und wo bin ich?« fragte ich.

»Wir sind War-da. Und du bist jetzt bei uns.«

Sie brachten mir Früchte und luden mich ein, sie mit ihnen gemeinsam zu essen. Nie hatte ich solches Obst genossen.

Bei den Vögeln aß ich mehr als je zuvor in meinem Leben. Diese Lust am Essen war mir neu. Ich aß, bis ich nicht mehr konnte.

»Du hast Hunger gehabt, Aftab«, sagten die Vögel und nickten mit den Köpfen.

Ich legte mich hin und strich mir über den vollen Bauch, der mir nun aufgrund seiner Fülle Schmerzen bereitete. Die Vögel waren verstummt, und ich lag in ihrer Mitte, die Augen geöffnet.

Ich träumte, daß mir Flügel wüchsen. Starke Flügel, mit denen ich in die Höhe fliegen konnte. Um mich herum all die anderen Vögel und ich einer von ihnen, einer ihrer Brüder. Die Trennung von den War-da schmerzte nicht mehr, und ich war wieder froh. Mein Herz war voller Lieder, und fröhlich stimmte ich ein in den Chor der Vögel. Sie flogen mit mir auf die Sonne zu, und ich sah sie um mich herum im Sonnenlicht tanzen. Ich träumte, daß ich keine Angst mehr vor den Strahlen der Sonne hatte. Doch plötzlich, mitten im Flug, lösten sich meine Flügel, und ich stürzte ab.

Schreiend um mich schlagend wachte ich auf und blickte in die besorgten Augen der Vogelwesen.

»Niemand kann zur Sonne fliegen«, sagten sie zu mir, »selbst du nicht, der ein Es-war-da ist.«

»Aber ich bin ein War-da!« begehrte ich auf.

»Sieht ein War-da so aus wie du?« fragten sie.

»Nein, aber ich weiß, daß ich ein War-da bin!« schluchzte ich und erzählte ihnen meine Geschichte.

Die Vogelwesen nahmen mich bei sich auf wie einen Bruder. Ihre tröstenden Worte und zärtlichen Lieder halfen mir über den Schmerz der Trennung von meinem Volk hinweg. In ihrer Gemeinschaft fühlte ich mich aufgehoben, und allmählich erwachte auch wieder meine alte Neugierde, die mich hinausgeführt hatte aus unserem Tal.

Eines Morgens machte ich mich auf, das Vogelreich zu erkunden. Ich stellte mich auf meine zwei Füße und reckte die Arme in die Luft. »Willst du so fliegen?« fragten mich die Vögel und lachten. Auch ich mußte lachen über meine neuen Bewegungen.

Ari, ein zierlicher Vogel mit silber-weißen Federn begleitete mich bei meinen Streifzügen. So klein er auch war, er hatte eine große Stimme, die ich leicht unter den anderen Vogelstimmen erkennen konnte. Oftmals bat ich ihn, mir ein Lied zu singen. Sobald er mit seiner klaren und hellen Stimme anfing, hörten alle anderen Vögel auf zu zwitschern, um ihm zu lauschen.

Einer seiner Bewunderer war der große weiße Vogel Oho, der sich immer in seiner Nähe aufhielt. Er, der selbst nicht singen konnte, ließ sich kein Lied Aris entgehen.

Dann war da noch der dicke Lachvogel Gum, der sich gerne auf meine Schultern setzte, um auf meinen Streifzügen dabei zu sein, während die langbeinige Simu neben mir herstelzte, bemüht mit mir Schritt zu halten. »Aftab, schau! Laufe ich so wie du?« fragte sie mich oftmals. Dann lachte Gum jedesmal laut auf und erboste Simu damit.

Das Land der Vögel schien mir um Vieles freundlicher als das Land meines Volkes. Wir hatten nur das eine Tal gehabt, in dem wir Bäume, Nahrung und Wasser fanden. Um uns herum war Wüste gewesen, in der nur wenige Pflanzen unter den heißen Strahlen wachsen konnten.

In der Regenzeit gab es dann zwar ein kurzes Aufatmen. Doch das währte nie lange. Die Regenzeit endete ebenso plötzlich wie sie begonnen hatte und mit ihr das neuerwachte Leben. Die Hitze danach war dann umso unerträglicher.

Unser Leben als War-da bedeutete immer das Wissen um einen Verlust, immer Trauer. Auch in den Augenblicken der Freude. Selbst wenn ein War-da das Licht der Welt erblickte, wußten wir, daß er bald ihren Verlust beklagen würde.

Mit den Vogelwesen nahm ich auch ihre Heiterkeit an.

Meine Streifzüge brachten mich in grüne Täler und Wälder und an kühle Gewässer, aus denen ich trank und in denen ich mich badete.

Manchmal erinnerte ich mich an mein Volk und wünschte mir, daß auch wir in einem solchen Reich hätten leben können. Dann, so dachte ich, würde das Leben bei den War-da um Vieles leichter und heiterer sein.

Später erschien es mir, als hätte ich mein Volk für lange Zeit vergessen. Ich weiß auch nicht, wie lange ich bei den Vogelwesen weilte.

Ich erinnere mich, daß ich gerne bei ihnen gewesen bin.

Bis zu dem Augenblick, als ich plötzlich vor dem Felsen stand, einem Ort, an dem ich früher schon gewesen war.

Wie kam es, daß ich den Felsen erst jetzt bemerkte?

Woher war er so plötzlich aufgetaucht?

Ich ging um ihn herum und betastete seine warme, glatte Oberfläche, und mir schien, als ob der Felsen lebte.

Da stieg ich ein in den Felsen und wurde eins mit ihm.

Meine Vogelfreunde riefen mich, versuchten mich zurückzuhalten. Vergeblich.

Ich bin zurück, so dachte ich, zurück im Glück!

Doch das Glücksgefühl hielt nicht lange an. Mein Körper

wurde gegen irgendwelche harten Kanten gedrückt. Ich wurde durch einen langen engen Gang gepreßt und gequetscht. Mein Leib schmerzte, und mein Kopf schien zu zerspringen. Ich hatte nur noch einen Gedanken: »Ich will hier raus!«

Es dauerte eine lange Zeit, bis ich von meinen Qualen erlöst wurde. Oder war es nur ein Augenblick? Plötzlich war ich draußen. Kälte und grelles Licht schlugen mir entgegen. Ein paar große Hände ergriffen mich an den Füßen. Ich wurde in die Höhe gehalten, und jemand schlug mir auf den Hintern. Laut und böse schrie ich auf. Noch nie war mir eine solche Behandlung widerfahren.

»Es ist ein Junge!« sagte jemand.

Dann umfingen mich zwei weiche und warme Arme, und eine Stimme flüsterte sanft: »Endlich bist du da!«

Ich schaute diesem fremden und freundlichen Wesen erstaunt ins Gesicht.

»Woher kennst du mich?« fragte ich.

Es lachte und schaukelte mich zärtlich in seinen Armen, bis ich einschlief.

Wieder war ich in eine mir fremde Welt eingetreten. Diesmal in die Welt der Es-war-da.

Ich wuchs unter ihnen auf. Katrin, meine Mutter, erinnerte mich in ihrere Zärtlichkeit an die War-da. Sobald ich sprechen konnte, erzählte ich Katrin von meiner Reise zu ihr, von den War-da und den Vogelwesen. Sie lachte und sagte, ich hätte viel Phantasie. Im Grunde verstand sie mich nicht.

Die Welt der Es-war-da wurde mir vertraut, und ich verglich sie mit der der War-da. Hier war der Himmel blau, und die Sonne ließ die Blumen blühen. Ihre Strahlen wärmten und verbrannten nicht.

»Ihr habt eine schöne Welt«, sagte ich zu den Es-war-da.

»Das ist auch deine Welt«, wurde mir entgegnet.

In der Welt der Es-war-da gab es Tiere, die ich nicht aus meinen früheren Leben kannte. Die Es-war-da machten

Jagd auf sie. Sie hatten hohe und alte Bäume, die älter waren als mehrere Es-war-da-Leben. Doch sie ließen sie fällen, da sie ihnen im Wege waren. Die Es-war-da bauten Fabriken, aus deren Schornsteinen gelber Rauch aufstieg. Er tötete die Vögel und die Pflanzen, und er tötete sie selbst. Die Es-war-da wußten dies und hörten dennoch nicht auf damit.

Sie waren seltsame Wesen.

Mir wurde erzählt, daß die Erde früher noch grüner und mit noch mehr Tieren bevölkert gewesen war. Doch jetzt lebten überall die Es-war-da, wurde mir erklärt, und das habe die Natur verändert. Früher, so sagten sie, hätte es oft Streit gegeben zwischen den verschiedenen Völkern. Ihre Vorfahren hätten Kriege gemacht und sich gegenseitig mit immer ausgeklügelteren Mordwaffen umgebracht. Aber das sei schon lange nicht mehr so. Nun hätten sie einen Frieden, der das Leben auf ihrem Planeten garantiere. Nie zuvor hätte es einen solchen Frieden gegeben. Die verschiedenen Völker seien nun Freunde, trotz der früheren Zwistigkeiten.

Ich lebte unter ihnen, und ich lernte sie kennen. Nicht alle, denn sie waren viele. Ich reiste herum und schilderte den Es-war-da die War-da und deren Trauer um den Verlust dessen, was einmal gewesen war.

Ich schilderte ihnen das Leben unter den heißen Strahlen der Sonne und unseren mühsamen Überlebenskampf in einer Landschaft, die nicht mehr viel zu geben hatte.

Einige wurden nachdenklich, doch sie waren nur wenige. Was nutzte mir das Wissen über die Vergangenheit und die Zukunft? Über das Leben, das einmal war und das, was davon übrigbleiben würde? Ich war nur einer, der aus der Zukunft kam und die Gegenwart verändern wollte, um den Zukünftigen ein anderes Leben zu ermöglichen.

Viele lachten mich aus und sagten, ich sei verrückt.

Als War-da hatte ich viele Fragen gehabt, und die Suche nach den Antworten hatte mich in die Welt der Es-war-da geschleudert. Ich blieb nicht für immer unter ihnen. Meine Sehnsucht nach dem stillen Tal wuchs und trieb mich weg von ihnen, deren Sinne verschlossen waren gegenüber der Welt, aus der ich gekommen war.

In meinen Träumen suchte ich den Weg zurück zu den War-da. Ich begegnete den Vogelwesen, lief durch den Früchtewald und suchte in der Wüste nach einem Weg zurück zu unserem Tal. Doch jedesmal erwachte ich mit Trauer im Herzen in einer Welt, die nicht die meine war.

Doch schließlich umfing mich der Traum, auf den ich so lange gewartet hatte und führte mich zurück zum Tal der War-da.

Ich heiße Aftab. Das bedeutet in einer der alten Menschensprachen Sonnenlicht. Ich bin ein Sohn der War-da, der Nachkommen der Es-war-da. Wir leben in einem grünen Tal, das von Wüste umgeben ist. Nirgendwo um uns herum sieht die Erde anders aus, Sandwüsten wechseln mit Landstrichen ab, wo der Boden trocken, hart und brüchig ist.

Tag für Tag schickt die Sonne ihre heißen Strahlen zu uns, die manchmal sogar unsere dicke Haut verbrennen.

Früher hat es überall Bäume und Wasser gegeben, hat es an vielen Orten so ausgesehen wie in unserem Tal.

Die jungen War-da fragen uns Alte oftmals nach dem Ursprung unseres Seins und unserer Geschichte. Sie unternehmen Streifzüge in die Wüste, die unser Tal umgibt und suchen, von Neugier getrieben, nach Zeugnissen unserer Vergangenheit.

Auch ich habe mich einst auf diese Suche begeben. Die Antworten auf meine Frage haben meine Lippen versiegelt, und ich bin der Sprache nicht mehr mächtig, wie jene War-da, die vor vielen Generationen in unserem Tal zusammenfanden.

Und vielleicht ist dies die eine Antwort auf all meine Fragen.

Joana – das Opfer

Vor vielen hundert Jahren lebte ein König mit dem Namen Hinnerk im nördlichen Eisland. Lange Zeit waren er und seine Vettern, die Nachbarkönige, miteinander zerstritten gewesen. Viel Blut war auf allen Seiten geflossen, und zahllose Menschen waren ums Leben gekommen. Doch endlich war Frieden eingekehrt zwischen ihnen, geschlichtet durch Heirat und Gold. So war die älteste Tochter König Hinnerks schon seit fünf Jahren die jugendliche Königin des Cousins ihres Vaters, des Herrschers des südlichen Nachbarstaates.

Hinnerk lebte nun nach all den Kriegswirren friedlich in seinem Schloß mit seiner zweiten Frau und seinen vierzehn Kindern. Und alles wäre vielleicht gut und in Ordnung gewesen, hätte er nicht ein junges Mädchen an seinem Hofe gehabt, das er begehrte. Sie war die Tochter von Magnus, seinem besten Freund, der sein Leben auf dem Schlachtfeld gelassen hatte. In den ihm verbliebenen wenigen Minuten vor seinem Tode hatte Magnus den König gebeten, sein einziges Kind mit auf sein Schloß zu nehmen und dafür zu sorgen. Die Mutter des Kindes, hatte ihm der Sterbende anvertraut, sei ein Geistwesen gewesen, das ihn mitgenommen hatte in das Reich jenseits des Lichts.

Hinnerk versprach dem Freund, für dessen Kind zu sorgen, als sei es sein eigenes.

Als er Joana zu sich nahm, war sie etwa zwei Jahre. Ihre Anmut, der helle Schein auf ihrem Gesicht und der tiefe Ernst in ihren Augen berührten die Herzen aller, und inmitten der Kinderschar des Königs wirkte Joana wie ein ferner leuchtender Stern.

So wie diese nannte sie den König und die Königin Vater und Mutter, und als die Königin im Kindbett starb, vergoß die damals Zehnjährige bittere Tränen um sie.

Hinnerk war ein guter Vater. Wann immer es seine Staatsgeschäfte zuließen, verbrachte er seine Zeit mit seinen Kindern, und war eines krank, hielt er oftmals Wache an dessen Bett.

Mit ganzem Herzen bemühte er sich auch um Joana, der er ein ebenso fürsorglicher Vater sein wollte wie den eigenen Kindern. Doch immer wieder spürte er beim Anblick des heranwachsenden Mädchens ein merkwürdiges Ziehen in der Brust, ein sehnsüchtiges Verlangen, das ihn verwirrte und das so ganz anders war als die zärtlichen Gefühle, die er für seine eigenen Kinder empfand.

Wenn er auch zu Beginn seine Gefühle, die er für Joana empfand, zu unterdrücken suchte –, lange hielt dies nicht vor.

Nach dem Tode der Königin heiratete er noch einmal, eine dickliche und gutmütig scheinende Freundin seiner Frau, die ihm versprach, eine gute Mutter seiner Kinder zu sein. Das war sie auch, doch hegte sie eine tiefe Abneigung gegen Joana.

Sie gebar dem König einen Sohn, den sie abgöttisch liebte.

Die Ehe verlief ruhig, und der Hofgesellschaft erschien das Herrscherpaar glücklich und zufrieden.

Niemand bemerkte die Qual und die Verzweiflung Hinnerks. Obwohl schon recht alt, liebte er mit dem Herzen eines jungen Mannes Joana, sein Mündel. Mit jedem Tag wurden die leidenschaftlichen Gefühle für sie stärker und drohten ihn zu zersprengen. Bald fand er keinen Schlaf mehr und lief des Nachts unruhig in seinem Gemach auf und ab. Da die Königin von einfacher Natur war, fragte sie ihn nicht nach den Gründen seiner Schlaflosigkeit, sondern zog es schließlich vor, in einem anderen Raum zu übernachten.

Der König aber litt, und bald blieb dies der übrigen Hofgesellschaft nicht mehr verborgen. Der königliche Leibarzt untersuchte ihn und setzte ihm zur Reinigung des Blutes eine nicht geringe Anzahl von Blutegeln auf den Rücken.

Die erhoffte Stärkung des Königs blieb aus. Von der Behandlung geschwächt, blieb er stattdessen für mehrere Wochen im Bett.

Seine Kinder und Joana besuchten ihn und versuchten den leidenden Vater zu erheitern. Doch die erhoffte Wirkung dieser Besuche blieb aus, begegnete er dabei doch wieder Joana – der Ursache seiner Krankheit. Mit vor Liebeskummer fiebrigen Augen starrte er sie an, die ihm schöner als je erschien.

Die inzwischen Siebzehnjährige spürte etwas Fremdes und Bedrohliches zwischen sich und dem König, den sie so lange für ihren Vater gehalten hatte. Sie erinnerte sich an den Tag, an dem er ihr von Magnus erzählt hatte. Sie hatte um ihn geweint, den Vater, der sie geliebt hatte und an den sie sich nicht erinnern konnte. Aber sie hatte auch um einen weiteren Verlust getrauert – daß sie nicht mehr Hinnerks Tochter sein sollte.

Über ihre Mutter hatte ihr der König wenig Aufschluß geben können. Doch das Wenige, das er über sie wußte, stürzte Joana in tiefe Verzweiflung.

»So bin ich kein wirklicher Mensch? Vielleicht nur halb? Und zur anderen Hälfte ein Wesen der Zwischenwelt?« Der König hatte sie in seine Arme genommen, um sie zu trösten. Da hatte sie zum ersten Mal diese rasende Angst in sich gespürt, die ihr das Atmen schwer machte.

Seit einigen Jahren lebte ein Zauberer in Hinnerks Reich.

Die Menschen suchten ihn auf, wenn sie krank waren, einen Rat brauchten oder einen Blick in die Zukunft werfen wollten.

Da er ein guter und kluger Magier war, sprach sich dies schnell herum im Land. Und schon bald pilgerten auch aus den Nachbarländern Menschen zu seiner einsamen Hütte in den Bergen.

Selbst König Hinnerk hatte schon viel von ihm gehört. Lange hatte er über die Geschichten gelächelt, die ihm über den Zauberer erzählt wurden. Nicht weil er nicht an Zauberei geglaubt hätte.

Als König stand er dem großen Zirkel der weisen Frauen

und Männer vor. Er selber, so hieß es, hatte sich zu Kriegszeiten der Magie bedient und mit ihrer Hilfe in so manchen Kämpfen gesiegt.

Nein, Hinnerk lächelte aus einer gewissen Überlegenheit heraus.

Er selbst war der Zauberkunst kundig und kannte so ihre Grenzen. Geschichten, die über sie hinausgingen, betrachtete er nicht mit dem gläubigen Staunen des einfachen Volkes, sondern mit den Augen eines Kundigen.

Da ihm die Medizin seines Hofarztes nicht die ersehnte Genesung gebracht hatte, sah er sich nach weiterer Hilfe um und stieß auf den Magier. Ein Gaukler machte ihn auf den Alten aufmerksam, indem er der Hofgesellschaft von der Behandlung eines Liebeskranken durch den Zauberer erzählte. Ein Mann hatte sich in eine Frau verliebt und begehrte sie. Sie aber gehörte einem anderen. Bis hierher war die Geschichte dieses Mannes nichts Besonderes und seitdem es Menschen gibt, alltäglich. Der Schluß der Geschichte ließ Hinnerk jedoch aufhorchen. Ein Zaubertrank hatte diesem Mann zu einer einzigen Nacht mit der Geliebten verholfen. Diese Nacht aber war eine Vision gewesen, befriedigender und beglückender als jede Wirklichkeit, so daß der Mann danach von seiner Liebe erlöst war.

Der Ehemann der Frau hatte auf diese Nacht nicht mit Eifersucht und Rache reagiert, denn auch in ihm hatte der Zauber gewirkt wie auf die übrige Umwelt der Liebenden.

Hinnerk versuchte zunächst mit Hilfe seiner Lehrbücher und eines Magiers einen solchen Zaubertrank herzustellen, in der Hoffnung, nach seinem Genuß von der krankhaften Liebe zu Joana geheilt zu sein. Doch die Liebesmedizin wirkte nicht, und die Vision der Liebesnacht blieb aus. Nach seinem Genuß hatte Hinnerk stattdessen einen Alptraum, in dem er von abscheulich aussehenden Hexen gejagt wurde.

Als er am Morgen danach mit dem Gefühl aufwachte, die ganze Nacht um sein Leben gerannt zu sein, entschloß er sich, als Mönch verkleidet fortzugehen und den Zauberer aufzusuchen.

Unerkannt ritt der König durch sein Land. Er kehrte in Gasthäuser ein, setzte sich zu den Bauern an die Tische, aß ihre einfachen Speisen und hörte ihren Gesprächen zu.

Und überall hörte er die gleichen Worte: Hinnerk, ein weiser und guter König, ein in jungen Jahren erfolgreicher Krieger, sei seit langem einer geheimnisvollen Krankheit verfallen. Es wurde gemunkelt, daß er sich in sein Mündel verliebt hätte. Diese Liebe raube ihm den Verstand. Andere wiederum behaupteten, er würde seit dem Tode seiner ersten Frau von Todeswünschen geplagt. Ein armer und alter Mann sei er jetzt. Von seiner Weisheit sei nichts mehr geblieben, und das Land könne er nicht mehr regieren. Und es wäre nicht verwunderlich, wenn die ehemaligen Feinde wieder ins Land einfielen, einer leichten Beute gewiß. Ein schwacher König sei er geworden, ihr König Hinnerk!

Bei diesen Worten schoß dem unentdeckten König jedesmal die Schamröte ins Gesicht, und seine Hand glitt zu dem verborgenen Schwert unter seinem Kittel in dem Drang, seine Ehre zu verteidigen.

Aber hatten die Bauern nicht recht mit ihren Worten?

Das Haus des alten Zauberers befand sich in einem Tal tief im Inneren der Eisland-Berge. Hier lebte er nur in Gesellschaft einer Bergziege. Als Hinnerk, keuchend vor Anstrengung, bei ihm auftauchte, schien ihn dieser bereits zu erwarten. Freundlich nickte er dem Ankömmling zu und deutete ihm an, ihm in die Hütte zu folgen.

Hier war es warm, und ein angenehmer Geruch von frischem Heu lag in der Luft. Ein kleines Feuer brannte munter im Kamin. Über dem Feuer dampfte ein Wasserkessel. »Ein heißer Tee wird dir gut tun«, sagte der Alte.

Hinnerk setzte sich in die Nähe des Kamins und wärmte seine klammen Finger am Feuer. Der Alte reichte ihm einen Becher mit Tee, den der König langsam schlürfte. Eine wohlige Wärme breitete sich in ihm aus, und seufzend schloß er die Augen. Ihm war, als ob etwas Kühles über seinen Kopf strich, ähnlich der sanften Zärtlichkeit einer Frauenhand.

»Ich weiß von deinem Unglück, mein Sohn«, hörte er aus weiter Ferne den Alten sprechen.

»Sie ist wie eines meiner Kinder in meinem Schloß aufgewachsen, und lange Zeit war sie mir wie eine Tochter. Dennoch begehre ich sie. Das ist wie eine Krankheit und eine Schuld, die ich auf mich lade.«

»Begehren ist keine Schuld«, hörte er den Alten sagen.

»Die Götter wissen, wie sehr ich mich gegen dieses Verlangen wehre. Doch dieser Kampf zerstört mich, macht aus mir einen schwachen Herrscher, über den sich das Volk lustig macht.«

Hinnerk richtete sich auf und schaute den alten Magier an.

»Sag mir, was ich tun soll!«

»Du weißt, daß sie ein Wesen der Zwischenwelt ist?« fragte der Alte.

»Aber sie ist auch ein Mensch dieser Welt!« entgegnete Hinnerk.

»Ich weiß nicht alles«, sagte der Alte, »aber mein Wissen werde ich mit dir teilen. Immer wieder kommt es vor, daß Frauen der Zwischenwelt zu den Menschen kommen, sich einen Mann erwählen und ihn für einige Zeit in ihr Reich mitnehmen. Das geschah mit deinem Freund. Die große Fürstin der Geistwelt verliebte sich in ihn und entschloß sich, ihn zu sich zu holen. Sie erschien ihm zunächst als Menschenfrau, in die sich Magnus verliebte. Als sie ihm von ihrer Herkunft erzählte, zögerte er nicht, ihr zu folgen. Sie lebten viele Jahre in der Welt der Geistwesen zusammen, und aus ihrer Verbindung wurde Joana geboren. Damit war aber auch das Ende ihrer gemeinsamen Zeit bestimmt. Das ist ein Gesetz der Zwischenwelt. Magnus mußte seine Geliebte, seine gerade geborene Tochter und das Reich der Geistwesen verlassen.«

»Ich erinnere mich, wie er nach langer Krankheit wieder an meinem Hof erschien«, fiel Hinnerk dem Alten ins Wort, »er sah blaß aus. In seinen Augen jedoch lag ein warmer Schimmer und in seinen Worten immer eine tröstende Wärme. Die Frauen am Hofe drängten sich um ihn, doch er hatte für sie alle nur den gleichen freundschaftlichen und respektvollen Blick eines Mannes, der schon vergeben ist.«

»Magnus' Gefühle für die Geliebte blieben lebendig. Die Verbindung zwischen ihnen riß nie ab«, erzählte der Alte weiter. »Eines Tages übergab sie ihm Joana, die zu dieser Zeit etwa ein Jahr alt war. Damit brach ihre Mutter jedoch das Gesetz, wonach ein Wesen wie Joana nicht in der Welt der Menschen leben darf.«

»Aber warum wurde Joana nicht zurückgeholt?« fragte Hinnerk verzweifelt. Der Alte schüttelte bedauernd den Kopf und schwieg.

»Was kann ich tun?« fragte schließlich der König. »Lange ist sie mir wie mein eigenes Kind gewesen! Darf ich sie lieben? Die Götter zürnen mir bereits, und ich spüre die dunklen Wolken, die sich über meinem Land, meinem Schloß, mich und meinen Kindern zusammenziehen! Was soll ich tun? Soll ich mich töten, um keine weitere Schuld auf mich zu laden?«

»Nichts ist ohne Sinn, und alles ist von den Göttern gewollt!« sagte der Alte nachdenklich.

»Dann haben die Götter Joana zu mir geschickt? Aber warum? Bin ich ihnen nicht immer ein treuer Diener gewesen? Ich habe ihnen einen Tempel gebaut, einen größeren und herrlicheren gibt es nicht. Hier bringen wir ihnen die alljährlich geforderten Opfer, und die Hohepriesterin huldigt ihnen mit ihren Jungfrauen. Und über all dies wache ich, der König. Warum tun sie mir das an? Warum zürnen sie mir für etwas, was sie selbst wollen?«

Aufgebracht schaute Hinnerk den Alten an. Doch der Zauberer stocherte mit einem Stöckchen in der Erde und schwieg.

Eine bleierne Müdigkeit drückte Hinnerk auf das ihm bereitete frische Strohlager. Er wollte noch etwas sagen, spürte aber, daß seine Zunge wie ein Klumpen Lehm in seinem Mund lag.

Sein Kopf und seine Glieder schmerzten ihn. »Ich bin nicht mehr der Jüngste, ich Narr!« dachte er bitter.

Dann schlief er ein.

Von Ferne hörte er seinen Namen rufen. Er richtete sich auf und blickte um sich. Der Alte war eingenickt, und im Kamin prasselte ein kleines Feuer. Als er aufstand, sah er, daß da noch jemand in der Hütte schlief. »Aber das bin ja ich!« rief er erschrocken aus.

Sein Körper lag wie in einem tiefen Schlaf auf dem Strohbett.

»Ich träume«, sagte er sich.

»Hinnerk!« rief wieder die Stimme.

Er ging ihr zögernd nach und fand sich plötzlich eingehüllt von dichtem Nebel. Ihn fror, und als er wieder zurück in die Hütte gehen wollte, sah er, daß diese verschwunden war.

»Wo bin ich?« fragte er.

»Du bist bei mir«, hörte er Joana sprechen.

Sie stand vor ihm und lächelte.

»Narre mich nicht!« rief er böse. »Du bist es nicht wirklich!«

»Komm!« sagte sie.

Sie nahm ihn an der Hand und zog ihn mit sich.

Der Nebel wurde dichter und der Wind kälter.

Joana aber schien die Kälte nicht zu spüren. »Komm!« drängte sie.

Dann blieb sie plötzlich stehen und schaute ihn an: »Ach ja, du bist ja ein Menschenwesen! Du mußt ja frieren!«

Sie langte in die Nebelwand und zog aus ihr einen dikken Fellmantel heraus, den sie ihm um die Schultern legte.

Hinnerk spürte, wie die Kälte aus seinen Gliedern glitt und ihm angenehm warm wurde. Auch seine Müdigkeit war wie verflogen, und er folgte Joana mit großen Schritten.

Plötzlich war der Nebel fort. Leichten Schrittes gingen sie auf ein großes Tor zu. Zwei schwarzgekleidete Soldaten standen dort Wache. Sie verneigten sich vor Joana und öffneten ihr und ihrem Begleiter das Tor.

»Das ist der Palast der Fürstin!« sagte Joana und zeigte

auf die Mauern des riesigen Schlosses. »Hier bin ich geboren.«

»Wie kommst du hierher? Du bewegst dich hier so sicher, als seist du noch nie von hier fortgegangen!« fragte Hinnerk.

Joana antwortete nicht und zog ihn weiter mit sich.

Durch das Schloß wehte ein sanfter und kühler Wind. Körperlose Wesen schwebten im Raum, und ein Raunen lag in der Luft, als ob sich die wunderlichen Gestalten der Zwischenwelt unterhielten.

Sie gelangten in eine Halle mit nur drei Wänden. Zur vierten Seite hin war sie offen und zeigte auf ein weites stürmisches Meer. »Hier lebt meine Mutter«, flüsterte Joana.

Und da sah Hinnerk sie. Die Fürstin der Zwischenwelt.

Sie lächelte ihn mit ihren großen dunklen Augen an, und Hinnerk spürte, wie ihn unter ihrem Blick die Kraft verließ.

»Es ist gut, daß du gekommen bist«, begrüßte sie ihn. »Es ist immer Liebe, die uns Wesen der Zwischenwelt mit euch Menschen zusammenbringt.«

»Aber meine Liebe zu Joana tötet mich, ist schlimmer als der Tod«, seufzte Hinnerk.

»Du hast recht, manchmal tötet Liebe!« antwortete die Fürstin.

»Sage mir, was ich machen soll. Joana ist mir wie ein eigenes Kind gewesen, und trotzdem begehre ich sie als Frau.«

Die Fürstin der Zwischenwelt sah ihn an und lachte.

»Warum lachst du?« fragte Hinnerk betroffen.

»Ihr Menschenwesen seid so komisch, deshalb muß ich lachen.«

»Erkläre mir, was so komisch ist an uns Menschen!«

»Wenn ihr liebt, dann liebt ihr die Liebe selbst. Ihr klammert euch an sie und vergeßt zu lieben.«

»Du irrst dich!« rief Hinnerk. »Ich liebe Joana wirklich.«

»Dann liebe sie!«

»Aber in meiner Welt darf es eine solche Liebe nicht geben. Die Götter werden mich und meine Nachkommen bestrafen!« rief er der Fürstin zu, die den Blick zum Meer gewandt hatte.

Wortlos schaute sie ihn noch einmal an, drehte ihm dann den Rücken zu und ging hinaus zum Meer. Ihr weiter Umhang bauschte sich im Wind, der ihre langen blauen Haare zerzauste.

»Es wird Sturm geben!« sagte sie.

»Was soll ich tun?« rief Hinnerk ihr nach.

»Liebe sie!« hörte er ihre Stimme, während ihr Körper sich langsam auflöste und eins wurde mit dem Wind und dem Meer.

»Komm zurück«, schrie Hinnerk. »Warum hast du Joana zu mir geschickt?«

»Sie wird dir nicht mehr antworten«, sagte Joana. »Sie ist fort.«

In der Hütte des Alten prasselte ein leichtes Feuer, und aus dem Wasserkessel stiegen kleine Dampfwolken, die sich im Raum verloren. Der Zauberer saß mit gekreuzten Beinen auf seinem Strohlager und schaute auf den schlafenden König.

Hinnerk atmete nun ruhiger, und die Blässe in seinem Gesicht hatte einem leichten Rot Platz gemacht. »Er sieht schon besser aus«, murmelte der Alte zufrieden.

Er hatte besorgt über den Schlaf Hinnerks gewacht wie eine Mutter über den ihres kranken Kindes. Immer wieder hatte sich dieser unruhig hin- und hergewälzt, um sich schlagend und wirre Worte ausstoßend.

Der Alte füllte zwei Tassen mit süßem Tee, brach ein Fladenbrot in zwei Teile und legte ein großes Stück Ziegenkäse dazu.

Hinnerk schlug die Augen auf. Langsam setzte er sich auf, schaute um sich und schüttelte den Kopf.

»Wo bin ich?«

»Du bist in meiner Hütte«, lächelte der Alte und schob ihm den Tee, das Brot und den Käse zu. Hinnerk wies das Essen zurück, trank aber einen großen Schluck aus der Tasse.

»Ich erinnere mich«, sagte er, »einen solchen Tee habe ich auch getrunken, bevor ich eingeschlafen bin!«

»Du hast lange geschlafen!« nickte der Alte.

»Dann war das alles nur ein Traum?«
»Es war Traum und Wirklichkeit.«
»So bin ich wirklich in der Zwischenwelt gewesen?«
»So wirklich wie du jetzt hier bist.«
»Wie lange war ich fort?«
»Für eine Ewigkeit in jener anderen Welt!«

Hinnerk schüttelte den Kopf und versuchte sich zu erinnern.

»Ich habe die Zwischenwelt mit meinen eigenen Augen gesehen. All die Geistwesen, die wie Schatten durch die Räume gleiten. Man kann sie nicht sehen, nur hören. Sie sind wie ein Flimmern in der Luft, wie das Spiel von Sonnenstrahlen. Joana ist eine von ihnen. Für mich war sie sichtbar und greifbar. So wie die Strahlen der Sonne sichtbar und greifbar sind. – War Joana nur ein Traumbild?« fragte sich Hinnerk plötzlich laut und schüttelte gleich darauf den Kopf. »Sie ist Traum und Wirklichkeit zugleich.«

Der König stützte den Kopf in die Hände, schloß die Augen und versuchte, sich Joana vorzustellen.

»Woran denkst du?« fragte der Zauberer leise.

»Ich kann nicht sagen, daß ich geheilt bin von dieser Liebe. Ich hatte auch keine Vision einer Liebesnacht mit ihr. Sie ist mir immer noch wie mein eigenes Kind, und ich schäme mich meiner anderen Gefühle für sie. In ihrer Welt durfte ich sie lieben, und ich habe es dennoch nicht getan. Ist es das, was die Götter von mir wollten? Haben sie so meine Treue zu ihnen auf die Probe stellen wollen? Aber um welchen Preis?«

Noch am gleichen Tag machte er sich auf den Weg zurück in sein Land. Als er endlich nach Monaten in seinem Hof ankam, liefen ihm seine Kinder entgegen.

Bis zum heutigen Tag werden im Lande König Hinnerks Lieder gesungen, die die Schönheit Joanas rühmen.

Um ihre Herkunft lag ein Geheimnis wie auch um ihren Tod.

Es hieß, daß ihre Mutter ein Wesen aus einer anderen

Welt gewesen sei. Ihr Vater, ein Mensch, sei der Freund ihres Ziehvaters gewesen.

Dieser sei einmal für mehrere Monate weggeritten, seine ältere Tochter besuchen, die mit einem der Nachbarkönige verheiratet war. Kurze Zeit nachdem er weg war, brach unvermittelt ein großer Sturm im Lande aus. Joana saß bei ihren Schwestern, vertieft in ihre Handarbeiten, als plötzlich ein starker Wind um die alten Schloßmauern tobte. Die jungen Mädchen sprangen laut schreiend zu den offenen Fenstern und versuchten, die im Wind hin- und herschlagenden Läden zu schließen. Das Feuer im Kamin war erloschen, und eine eisige Kälte breitete sich im Raum aus.

Die Prinzessinnen riefen ihre Mägde, die das Feuer neu entfachen sollten.

Als sich die Flammen im Kamin wieder wie zu einem lustigen Tanz bewegten, der Sturm nicht mehr tobte und die Mädchen erneut ruhig zusammensaßen, stellten sie fest, daß Joana verschwunden war. Aufgeregt wurde überall im Schloß nach ihr gesucht.

Der Gärtner fand sie schließlich. Ihr Körper lag leblos in einem der Rosenbeete unterhalb des Turmfensters, aus dem sie gestürzt war.

Die zwei Leben des Königs Antos

König Antos war von kleiner Gestalt, hatte ausgesprochen krumme Beine, und um seinen kahlen weißen Schädel trug er den dicken hellen Zopf seiner Mutter, den sie ihm vor ihrem Tode abgeschnitten und vermacht hatte. Er war nie über ihren Tod hinweggekommen, und obwohl das schon beinahe dreißig Jahre her war, erinnerte er sich jeden Tag an sie, indem er sich den Zopf um das Haupt legen ließ, diesen betastete und dabei manchmal sogar den Duft seiner Kindheit zu verspüren glaubte, der untrennbar verbunden war mit der Gestalt der Mutter.

Er hatte nie geheiratet, und in den hohen Räumen war nicht das fröhliche Lachen der Kinder zu hören, die er als König hätte zeugen sollen. Die Tage im Schloß verliefen gleichförmig, und eine ebensolche Ruhe herrschte im ganzen Land. Des Königs Untertanen waren zufrieden, denn sie hatten genug zu essen und lebten in Frieden miteinander. Kein fremder Kriegsherr hatte jemals das kleine Königreich bedroht. Antos war weder beliebt noch gehaßt. Er war einfach da, und wenn seine Ratsherren ihm mit gedämpften Stimmen die Belange des Reiches und des Hofes nahebrachten, schien es ihnen manchmal, als ob sie genauso gut zu der Wand oder der Treppe oder dem Wasserkrug auf einem der Tische hätten sprechen können. Nur selten zeigte ihr König eine Regung, geschweige denn, daß er zu ihnen sprach. Boshafte Zeitgenossen meinten, daß dies gerade die Stärke seiner Regierung sei. Und wenn ich es mir so recht überlege, mag daran etwas Wahres sein. Jedenfalls herrschte Frieden in seinem Land, während in den Ländern um ihn herum gekämpft und gemordet wurde. König Antos lebte fern all der menschlichen Gefühle, die Kriege heraufbeschwören. Ja, er erschien seinen Untergebenen wie ein Mensch ohne Gefühle, wie ein Wesen von einem anderen Stern. Doch da sie ihn seit seiner Geburt kannten, waren diese Gedanken, die sie sich um ihn machten, wie heimliche Blicke auf ihn, der klein und zerbrechlich auf seinem Thron saß und mit leiser Stimme das Notwendigste zu ihnen sagte. Diese Stimme war es, die sie in den Bann zog, die sie gleichsam verzauberte. Und vielleicht war es im Schloß so ruhig, da sie alle auf diese Stimme warteten und um nichts in der Welt die seltenen Augenblicke versäumen wollten, in denen Antos sprach.

Antos war, wie gesagt, nicht beliebt, doch die Menschen liebten seine Stimme. Die einfachsten Worte gewannen durch diese Stimme einen Klang, bezaubernder als das Rauschen der Blätter im Wind und betäubender als der Gesang der Nymphen beim Reigentanz im Morgennebel.

Diese Stimme war es auch, die die wahre Macht des Königs ausmachte. Denn in dem Augenblick, in dem er mit den Menschen sprach, breitete sich eine tiefe Ruhe in ihren Herzen aus und erstickte alle häßlichen Gedanken in ihren Köpfen. Auch jene, die zur Revolte und Entmachtung Antos geführt hätten, wären sie weitergedacht worden.

Die große Veränderung kam nicht durch die Untertanen zustande. Es war der König selbst, der sie herbeiführte. Antos erzählte mir später von jenem Augenblick, in dem er zum ersten Mal das Ziehen in der Brust gespürt hatte, das wie die Flügelschläge eines Vogels langsam in der Ferne am Horizont verschwand. Was Antos sah oder hörte, wem er in jenen Welten begegnete, die dem Sterblichen verborgen sind, hat er nicht einmal mir anvertraut. Von nun an wartete er jeden Tag darauf, daß sich die Tür zu jener Welt öffne und ihm Einlaß gewähre, daß er von ihr empfangen werde wie der Geliebte von der Liebsten.

Keiner der ihn üblicherweise umgebenden Ratsherren hatte je eine Veränderung an Antos wahrgenommen. Wie immer verharrte er auch jetzt noch, starr nach vorne schauend, steif auf dem Thron.

Wie jeden Tag hing auch jetzt die bleierne Schwere des

Schweigens über dem Thronsaal und den übrigen Räumen des Schlosses. Vielleicht war ich es, Sika, sein ältester Diener, der als erster die leichte Röte auf seinen Wangen bemerkte und das leise Seufzen hörte, das seinen halbgeöffneten Lippen entwich. Und vielleicht habe ich mich in jenen Tagen gefragt, ob ich je ähnliche Regungen an ihm beobachtet hatte. Doch auch ich war alt und litt an der Krankheit des Vergessens. Wie ein welkes Blatt hatte sie sich auf meine Erinnerungen gelegt, und es war, als ob der Wind mit ihnen spielte. An manchen Tagen erinnerte ich mich an Ereignisse, die freigelegt waren, doch schon am nächsten Tag hatte ich sie wieder vergessen.

So verlief ich mich in jenen Tagen oftmals in den zahllosen Räumen und Gängen des Schlosses. Einmal blieb ich vier Tage verschwunden. Schließlich fand mich ein Soldat der Suchtruppe in einem der dunklen Gänge, die sich unterhalb des Schlosses befanden. Bleich und dürr lag ich in einer Ecke, nur noch ein trockenes Schluchzen entrang sich meinen Lippen. Der Soldat wurde später von Antos ausgezeichnet, doch dies nur nebenbei. Er hob mich auf seine Arme und trug mich, der ich so leicht wie eine Feder gewesen sein muß, zurück durch das Gewölbe in die oberen Räume des Schlosses.

Doch bald hatte ich auch diesen Tag vergessen und wußte nichts von den Sorgen des Königs um mich, seinen wohl einzigen Freund. Mit still zur Seite geneigtem Kopf verbrachte ich die meiste Zeit in seiner Nähe, unterbrochen nur von einem plötzlichen Drang zu gehen. Dann stand ich auf, sah mich um, ohne zu sehen und ging eilig davon, als ob mir eine längst vergessene Verabredung eingefallen wäre, gefolgt von zwei jungen Wachsoldaten, die zu meinem Schutze bereitgestellt worden waren.

Doch kehren wir zurück zum König. Die Erscheinungen, denn um solche handelte es sich, vermochte nur er wahrzunehmen. Sie kamen unerwartet und stürzten Antos in bislang ungeahnte Seelenqualen. Denn all sein Bemühen, sie festzuhalten, sie in sich zu begraben, mißlang, und manchmal erfaßte Antos der Zorn des Verlassenen.

Bald glaubte er ein Spielball der Götter zu sein, die ihn nach ihren Launen in Gefühlswelten stießen, die er früher nie betreten hatte. Sie ließen ihn Gedanken haben, die er nie gedacht hatte und Wünsche in sich spüren, die er nie für sich beansprucht hatte. Und nun, im hohen Alter, quälten sie ihn, höhnten sie ihn!

Antos verändert sich. In einer Mondnacht begrub er mit meiner Hilfe den Zopf seiner Mutter unter einer alten Linde im Hofgarten und nahm endlich Abschied von ihr, die ihn bis hierher begleitet hatte. Dann gingen wir zwei alten Männer, begleitet von den Wachen, durch eine Lücke in der Hofmauer hinaus.

Entzückt betrachteten wir den sanften Schleier des Mondlichts auf Bäumen, Blumen und Sträuchern.

»Warum sind wir nicht schon früher hierher gekommen?« fragte Antos.

»Sind wir das nicht?« erwiderte ich und hing dabei einem Fetzen Erinnerung nach.

Aufeinander gestützt folgten wir einem schmalen Pfad durch den Wald zum nahen See. Die Wachmänner stolperten in ehrfurchtsvollem Abstand hinterher, und als wir in das Boot stiegen, das sich herrenlos am Ufer befand, stiegen diese, mangels eines weiteren Bootes und aufgrund der am Hof geltenden Regel, die ihnen gebot, einen gewissen Abstand zum König zu wahren, ins Wasser und schwammen uns nach. Man hat sie nie wieder gesehen, und mir ist keine Geschichte zu Ohren gekommen, hinter der ich ihr weiteres Schicksal hätte vermuten können.

Antos und ich ruderten abwechselnd. Da wir beide alt waren und keine körperliche Arbeit kannten, fiel es uns schwer, das Boot vorwärts zu bewegen und zu lenken. Bald schon waren wir müde und ließen unser Gefährt dahintreiben.

Die kühle Luft, die schaukelnden Bewegungen des Bootes und das leise glucksende Geräusch des Wassers schläferten uns ein. So bemerkten wir nicht die große Wasserschlange, die uns mit ihrem Kopf vor sich herschob und sahen auch nicht die vielen tausend blauen Falter, die sich im Morgengrauen aus den Wellen erhoben und über unseren Köpfen den Hochzeitstanz aufführten, den sie nur alle hundert Jahre tanzen.

Als wir am Morgen in der stillen Bucht aufwachten, wußten wir nicht, wie wir hierhergekommen waren. Ich erinnerte mich undeutlich an irgendwelche blauen Falter, doch meinte ich, von ihnen nur geträumt zu haben.

Umständlich kletterten wir aus dem Boot. Zaghaft, mit vorsichtigen Schritten liefen wir am Wasser entlang.

»Ich glaube, daß ich schon einmal hier gewesen bin«, sagte ich, »aber ich kann mich nicht erinnern.«

Antos nickte, denn auch er glaubte, diese Bucht, diesen See und den Wald, auf den wir zuliefen, zu kennen.

Als wir ihn erreicht hatten, verlangsamten wir unsere Schritte. Wie um uns Mut zuzusprechen, faßten wir uns an die Hände und betraten den Wald, der uns in seiner Erhabenheit, mit seinem kühlen Moosgeruch und dem stillen Vogelgesang aufnahm, wie er alles Leben aufnimmt. Und als wir uns anschauten, sahen wir, daß wir jenen Knaben ähnelten, die wir vor vielen Jahren gewesen waren.

Wir durchliefen den Wald, und bald hörten wir unsere Namen rufen. Als wir uns dem Schloß näherten, kamen uns bereits einige der Hofbediensteten entgegen. Wir erfuhren von ihnen, daß sie uns schon seit Stunden suchten und die Königin außer sich sei. So kehrten wir zurück.

Antos Mutter schloß ihren Sohn in die Arme, und dabei legte sich ihr Zopf um seinen Hals. Mit einem Lächeln aber streifte Antos den Zopf von sich und entwand sich ihrer Umarmung.

Ich weiß nicht, was Antos Wandlung bewirkt hatte. Das wissen nur die Götter, die Mitleid mit ihm empfunden haben müssen, um einem Mann, der bereits dem Tode geweiht war, ein neues Leben zu schenken. Und ich bin dankbar, daß ich durch ihn ebenfalls ihre Gunst fand. Denn so konnte auch ich ein weiteres Menschenleben leben.

Als neuer junger König hatte Antos keine Ähnlichkeit mehr mit dem kleinen Greis, und niemand wußte von dem alten König, der er einst gewesen war. Oder soll ich sagen, der er hätte werden können? Seine Stimme klang nicht mehr so wunderbar wie einst und hatte damit auch keine Macht mehr über seine Untertanen. In deren Herzen tobten nun auch all jene bösen Gefühle gegen den Herrscher, und manch einer versuchte, Antos zu stürzen. Doch es gab auch andere Untertanen, die dessen Lebensfreude, Ausgelassenheit und Großzügigkeit liebten. Und so blieb er König. Bis an sein Lebensende.

Es sei noch erwähnt, daß sich Antos in diesem zweiten Leben sogar in einen kurzen Krieg mit seinen unmittelbaren Nachbarn verstrickte.

Von einer seiner vielen Reisen brachte Antos eines Tages auch seine Braut heim. Niemand wußte, aus welchem Königshause sie stammte, und man munkelte, daß sie ein Wesen von einem anderen Stern sei. Manchmal, wenn Antos sie oder eines seiner Kinder betrachtete, erinnerte mich der Ausdruck seines Gesichtes an die Zeit, in der er begonnen hatte, sehnsüchtig in jene Welten zu schauen, die sich ihm offenbart hatten. Nur mit dem Unterschied, daß die innere Freude, die sich jetzt in seinen Augen spiegelte, nicht mit dem traurigen Seufzer jener Tage erlosch, in denen er ein Greis gewesen war.

Wie ein Märchen

Der Vater hatte sie dem Alten zum Weibe versprochen, als sie noch ein Kind war. Am Tag der Hochzeit war sie fünfzehn Jahre alt. Als ihr Mann starb, war er fünfundachtzig und sie siebzehn.

»Ich weiß nicht, was ein Mann überhaupt ist«, sagte sie später einmal zu einer Freundin. »Er war ja so alt und krank. Die wenigen Male, die wir zusammen waren, schloß ich meine Augen und wartete, bis es vorbei war.«

Sie haßte ihn nicht. Sie warf ihrer Familie nicht vor, daß sie sie an einen Mann gegeben hatte, der ihr Urgroßvater hätte sein können. Sie haßte niemanden. Manchmal haßte sie sich selbst. Dann, wenn diese Gedanken kamen, diese große Sehnsucht nach Wärme und einer Zärtlichkeit, die sie nicht kannte, aber doch ahnte.

Dann spürte sie die Mauern um sich und das Gefühl zu versagen. Besser war es, nichts zu fühlen. So dachte sie. Als sie noch ein Kind war, hatte ihre Mutter sie manchmal gestreichelt und geküßt. Doch seit ihrem Auszug aus dem Elternhaus kannte sie keine Liebkosungen mehr. Als Frau eines mächtigen Politikers mußte sie sich kontrollieren, mußte sie immer Haltung bewahren und Regeln beachten. Auch nach seinem Tode. Es hieß, sie sei für eine weitere Heirat noch nicht reif. Die Familie ihres verstorbenen Mannes würde, wenn die Zeit gekommen sei, den ihrem Stande angemessenen Ehemann für sie suchen.

Sie hatte alles. Schmuck, schöne Kleider, Diener, ein prachtvolles Haus.

Sie wartete. Die Tage vergingen, die Monate und Jahre. Nach zehn langen Jahren wurde sie wieder verheiratet. Mit einem jungen Diplomaten, der ihrer gesellschaftlichen Stellung entsprach.

Heute hat sie zwei Kinder und lebt mit ihrer Familie in einer großen Stadt in einem anderen Land.

»Mein Leben ist wie ein Märchen«, hat sie einmal gesagt. »Es fing an, wie so viele Märchen, und es endete damit, daß ich lebe. Manchmal dachte ich, daß ich gestorben bin. Damals, als ich noch jung war. Ich begrub meine Wünsche in den Tiefen meines Herzens, so daß sie für niemanden sichtbar waren. Nicht einmal für mich. Ich lebte das Leben einer lebenden Toten. Wieviele Mädchen und Frauen in dieser Welt leben in diesem Moment so wie ich damals? Und wieviele werden schließlich doch noch das Leben leben, das sie so lange begraben mußten?«

Sie war froh, ihrem Kerker entronnen zu sein.

»Ich habe Glück gehabt«, sagte sie ein anderes Mal. »Es war Zufall, daß sie mich das zweite Mal mit einem Mann verheirateten, den ich, hätte ich wählen können, selbst erwählt hätte.«

»Aber«, sagte sie auch. »Hätten sie mich doch nur wählen lassen!«

Die Frau im Café

Sie hatte im Café am Nachbartisch gesessen. Zuerst hatte er sie nicht wahrgenommen, eine Frau in einem dunklen Kleid. Er hatte seine Zeitung gelesen und Kaffee getrunken, wie jeden Tag um diese Zeit.

»Entschuldigen Sie, haben Sie Feuer?« hatte sie ihn gefragt, mehrmals, bis er sich angesprochen fühlte. Er hatte unwillig aufgeschaut und hatte mit dem Kopf geschüttelt. Er sei Nichtraucher, hatte er geantwortet. Die Worte waren ihm mühsam über die Lippen gekommen. Er haßte es, um diese Zeit sprechen zu müssen.

Dann hatte er sich wieder seiner Lektüre zugewendet.

Doch, sie war noch da. Etwas in ihrem Blick war noch da. Er spürte ihre Augen, während er unaufmerksam weiterlas, fast flehend auf sich gerichtet. Was hatte sie gesagt?

Sie hatte ihn um Feuer gebeten. Hatte sie nicht noch etwas gesagt?

Unwillig blätterte er die Seiten um, versuchte so, ihr Bild zu verwischen.

Vorsichtig drehte er den Kopf zur Seite. Sie saß etwas vornübergebeugt und starrte vor sich hin. Ihre Zigarette lag unangezündet neben der Tasse.

»Ich will mit dem Rauchen aufhören«, sagte sie mit leiser, belegter Stimme.

Er nickte, räusperte sich, wollte etwas Nettes sagen.

Aber ihm fiel nichts ein.

»Und wenn ich Ihnen Feuer gegeben hätte?« fragte er stattdessen.

»Dann hätte ich geraucht«, antwortete sie und blickte ihn an.

»Das verstehe ich nicht«, meinte er verwirrt.

»Das verstehe ich selbst kaum«, erwiderte sie und lachte fast unmerklich.

Er schaute auf die Uhr, faltete seine Zeitung zusammen und stand auf.

»Sie wollen schon gehen?«

»Ich muß«, meinte er. »Die Arbeit ruft!«

»Werde ich Sie wiedersehen?«

Verdutzt schaute er sie an. Die geht aber ran, dachte er kurz.

Aber da war wieder dieser Blick. Er dachte an Anne, als sie ihm offenbart hatte, daß sie ihn verlassen würde.

»Ich glaube nicht«, antwortete er etwas verlegen. »Haben Sie einen schönen Tag!«

Dann war er gegangen. Hatte sich auf den Weg zu seinem Büro gemacht. Wie jeden Tag.

Früher hatte er sich mit Anne in den Mittagspausen getroffen. Wie ein Wirbelwind war sie in sein Leben getreten, hatte ihm die Tage mit bunten Worten gefüllt.

Wann hatte sie ihn verlassen? Er wußte es nicht.

Vielleicht schon damals. Als ihr Lachen ihn in Sicherheit wiegte, ihre Zärtlichkeit ihm Geborgenheit vorgaukelte.

»Verstehe mich«, hatte sie ihm dann eines Tages gesagt. »Ich kann mich nicht binden.« Und: »Lieben bedeutet, die geliebte Person gehen zu lassen!«

Kluge Worte. Kluge Anne. Dummer August. Wie konntest du nur hoffen, glauben, lieben?

»Du verstehst mich nicht!« hatte sie gesagt. Bedauernd, und er hatte sich schuldig gefühlt. Weil er sie nicht verstand.

Nie hatte er sich mit ihrem Weggang abgefunden. Inzwischen war sie verheiratet und hatte eine kleine Tochter. Anne, die sich nicht binden konnte. Ein bitteres Lächeln legte sich um seinen Mund.

Er wollte sie der Lüge bezichtigen, ihr Vorwürfe machen, damals, als er sie mit ihrem Kind auf der Zeil traf.

»Ich habe mich weiterentwickelt«, war sie ihm zuvorgekommen. »Ich habe erkannt, daß ich nur Angst vor einer Bindung hatte. Und dann habe ich Ralf getroffen, und er hat mir geholfen, meine Angst zu überwinden.«

»Und warum nicht mit mir?« hatte er aufbegehrt.

»Du mußt das verstehen«, hatte sie ihm geantwortet. »Damals war ich anders!« Und dann dieser Blick.

Bei der Erinnerung daran schüttelte es ihn.

Die Frau im Café ging ihm nicht aus dem Kopf. Sie hatte ihn angesprochen, sie hatte sich ihm aufgedrängt. Er zog die Zigarettenschachtel aus seiner Manteltasche, nahm sein Feuerzeug, zündete sich eine Zigarette an.

Und wenn er ihr Feuer gegeben hätte? Und wenn er sich zu ihr gesetzt hätte? Und wenn sie erst einmal eine zusammen geraucht hätten?

Was dann?

Sie hätten sich vielleicht verabredet, wären zusammen ins Kino gegangen und hätten miteinander geschlafen.

Er sah sein Spiegelbild im Schaufenster eines Buchladens. Ein großer, etwas zur Fülle neigender Mann. An den Schläfen, kaum sichtbar, die ersten grauen Haare.

»Du bist eitel«, hatte Anne immer gesagt. »Du guckst dich gerne an!«

Er hatte schon lange nicht mehr sein Spiegelbild angesehen.

Seine Haare waren gewachsen, der Mantel war etwas zerknittert.

»Du siehst furchtbar aus«, sagte er laut zu seinem Bild. »Wie konntest du dich so gehen lassen!«

»Da hast du vollkommen recht«, kicherte der junge Mann neben ihm. »Geh nach Hause und wasch dich erst einmal!«

»Ach, laß mich in Ruhe!« donnerte er den jungen Mann an und freute sich über das erschrockene Gesicht, das so plötzlich, wie es aufgetaucht war, verschwand.

Die Frau hatte ihn angesprochen und um Feuer gebeten, obwohl er auf sie wirken mußte wie ein dahergelaufener Penner, der sich bei einer Tasse Kaffee aufwärmt.

Frank lächelte sein Spiegelbild an.

»Hey, hast du Feuer?« hörte er eine Stimme. Er drehte sich um und blickte in zwei nervöse Augen. Der Junge, keine fünfzehn Jahre alt, stand vor ihm, wippte von einem Fuß auf den anderen.

Frank holte sein Feuerzeug heraus.

»In deinem Alter rauchen ...«, murmelte er.

»Ach, halt die Schnauze!« fauchte ihn der Jüngling an und zog qualmend davon.

Das erste Mal, als er geraucht hatte, war er acht gewesen. Frank erinnerte sich noch genau daran. Wie er sich aus der Küchenschublade eine Zigarette geholt und diese heimlich im Gebüsch im Garten angezündet hatte. Der verräterische Rauch, die Angst vor Entdeckung und die Übelkeit danach.

Es fing an zu regnen. Frank schlug den Mantelkragen hoch und ging weiter. Seine Beine taten ihm weh, und ihm fiel ein, daß er seit einigen Nächten kaum geschlafen hatte. Und er dachte, daß er besser nach Hause gehen sollte. Die Blumen begießen und nach der Katze schauen.

»Ich bin krank«, rief er die Sekretärin an. »Ich muß zum Arzt.«

Der Regen hatte aufgehört und die Straßenmusikanten, eine Gruppe Indianer in den bunten Trachten der Andenvölker, fingen wieder an zu spielen und zu singen. Ihre Musik war ihm so fremd wie die Musiker selber. Um sie herum das laute geschäftige Treiben der Großstadt. Frank schaute ihnen eine Weile zu, atmete plötzlich tief durch und begann zu tanzen.

Die Musikanten nickten ihm freundlich zu. Jemand lachte.

Als sie nicht mehr spielten, ihre Instrumente schon längst eingepackt hatten und gegangen waren, tanzte er immer noch.

»Der ist besoffen«, hörte er eine Frauenstimme, und er wußte, das sie ihn meinte.

Es fing wieder an zu regnen. Er spürte, wie ihm die Tropfen den Hals und den Rücken hinunterliefen.

Müde setzte er sich auf eine Bank, störte sich nicht am Regen, der ihn durchnäßte, hielt die Augen geschlossen.

Jemand setzte sich neben ihn. Er öffnete die Augen und sah die Frau aus dem Café.

»Sie sind mir doch nicht gefolgt?« brummte er etwas unwillig.

»Ich habe Sie tanzen gesehen«, sagte sie leise. »Was ist los mit Ihnen?«

Vielleicht habe ich einfach keine Lust mehr, wollte er ihr sagen. Doch er schwieg. Er kannte sie ja nicht. So saßen sie nebeneinander. Fast wie ein altes Ehepaar, das sich nichts mehr zu sagen hat.

»Wir könnten eine Tasse Kaffee zusammentrinken«, bot sie ihm irgendwann zaghaft an. Er antwortete nicht. Doch als sie aufstand, ihren Rock glattstrich und Anstalten machte, fortzugehen, stand auch er auf.

So gingen sie nebeneinander her. Wie zwei Leute, die sich schon seit langem kennen.

Sie sagte, daß er ihr aufgefallen sei, am Morgen im Café. Er hätte so traurig ausgesehen, und nur deswegen hätte sie ihn angesprochen.

»Komisch«, entgegnete er. »Da habe ich noch gedacht, daß es mir gut geht.«

Er sah sie an. Große helle Augen blickten nachdenklich aus einem blassen, schmalen Gesicht. Unordentlich hingen ein paar dunkle Strähnen in die Stirn. Sie sah etwas altjüngferlich aus, und wieder wunderte er sich, daß sie ihn angesprochen hatte.

»Ich wollte einfach mit einem Menschen reden«, sagte sie, als ob sie seine Gedanken gehört hätte.

Frank antwortete, er hätte genug mit sich selbst zu tun. Sie solle nicht denken, daß er Hilfe brauche. Es gehe ihm gut.

»Ich habe mich heute etwas gehen lassen«, erklärte er. »Das muß auch mal sein!« Und er lachte sein tiefes beruhigendes Männerlachen.

»Es tut mir leid«, erwiderte sie ernst. »Ich habe mich geirrt.«

Sie stand auf, ging zur Bar, bezahlte und verließ das Café.

Zögernd stand auch Frank auf, nahm seinen Mantel und folgte ihr. Wortlos lief er auf der Straße neben ihr her. Als sie sich auf den Stufen an der Alten Oper niederließ, setzte er sich dazu.

Es war Abend geworden. Ein paar Radfahrer drehten auf dem Platz ihre Runden. Ein Liebespaar saß eng umschlungen auf einer Mauer und schaute sich den hellerleuchteten Springbrunnen an.

Frank legte den Arm um sie.

»Warum machst du das?« fragte sie leise.

Da zog er seinen Arm wieder zurück.

»Wie heißt du eigentlich?« fragte er.

»Hilde, und du?«

Er erzählte ihr von Anne und von dem Gefühl, das ihn seit der Trennung nicht mehr losließ.

»Es ist, als ob ich in einen Trichter falle. Immer schneller in ein tiefes dunkles Loch, ohne jeden Boden.«

»Oh ja«, sagte sie. »Dieses Gefühl kenne ich.«

Und sie gab ihm ihre Hand. Frank schloß die Augen, und als ihn die Müdigkeit übermannte, schlief er auf den Stufen der Alten Oper in ihren Armen ein.

Erst nach Stunden wachte er auf und nur weil ihm fror. Es war Nacht. Das Liebespaar war schon lange gegangen, der Springbrunnen abgestellt, die Scheinwerfer ausgeschaltet.

Sie hatte ihn mit seinem Mantel zugedeckt. Sie war nicht mehr da. Frank stand auf, zog sich den Mantel an und ging zum Taxistand. Er wollte jetzt nur noch ins Bett. So müde war er. Er dachte an Hilde, wie sie auf ihn zugegangen war, was sie ihm gesagt hatte.

Er erinnerte sich an ihre hellen Augen und dachte, daß sie so etwas wie eine Fee gewesen sein mußte.

Und er ärgerte sich darüber, daß er so wenig von ihr wußte. Nur, daß sie gerne ins Café ging.

Er atmete tief durch. Dieses erbärmliche Gefühl, in einen bodenlosen Trichter zu fallen, endlich war es weg.

Ich muß ihr davon erzählen, dachte er. Morgen vielleicht, dachte er. Im Café!

Flügel

Vor zwei Wochen hatte es angefangen. Ein Kribbeln unter der Haut, eine Verdickung, aus der ein leichter Flaum wuchs und aus dem später Federn wurden. Kleine zarte und größere starke Federn.

Zu Beginn brauchte sie ihre Verwandlung nicht zu verstecken, später zog sie sich weite Kittel an.

»Bekommst du ein Kind?« wurde sie manchmal gefragt.

»Nein, ich bin nur dicker geworden!« antwortete sie und lachte.

Sie hütete ihr Geheimnis, und niemand bekam mit, daß ihr Flügel wuchsen.

Jeden Abend, vor dem Schlafengehen, betrachtete sie sich im Spiegel. Sie sah immer mehr aus wie eine jener Engelsgestalten, die sie von Heiligenbildern kannte.

»Aber, ich bin keine Heilige!« kicherte sie und faltete dabei ihre Flügel auseinander.

Als Kind hatte sie sich immer gewünscht, fliegen zu können. Wie oft hatte sie davon geträumt. Und nun war dieser Traum wahr geworden.

Es kam der Tag, an dem auch die Kittel ihr nicht mehr paßten.

»Nun ist es soweit«, dachte sie.

Sie hatte etwas Angst. Dann aber breitete sie ihre Flügel aus und flog hinaus in die Nacht.

Die Tänzerin

In ihren Träumen sah sie sich als Tänzerin. Sie tanzte auf den Märkten, und ein alter Mann sammelte bei den Zuschauern Geld ein. Ein Affe war auch dabei. Mit einem samtenen roten Käppchen hockte er manchmal auf ihrer Schulter.

An manchen Tagen nahmen sie viel Geld ein, und sie freuten sich. Aber es kam auch vor, daß sie mit hungrigen Mägen durch die Straßen liefen. In einem Traum sah sie, wie die Leute der Stadt sie mit bösen Worten und rüden Rempeleien vertrieben. Sie erinnerte sich daran, daß der Affe sein Käppchen verlor und vor Angst laut aufheulte. Die Leute schrien, sie seien Diebe und stählen Kinder.

Schweißgebadet war sie aufgewacht, und erleichtert hatte sie festgestellt, daß sie wieder einmal geträumt hatte. Sie hatte noch lange wach gelegen und an das Mädchen im Traum gedacht. Es hatte ihr leid getan und ebenso der alte Mann und der Affe.

Manchmal fürchtete sie sich davor, einzuschlafen und zu träumen. Dann wieder war sie neugierig auf das, was in ihren Träumen geschah.

Eines Tages zog sie sich einen bunten Rock an und ging auf die Hauptgeschäftsstraße ihrer Stadt. Sie fing an zu tanzen. Erst mit langsamen und zaghaften Schritten. Dann immer schneller, immer schneller. Wie in ihren Träumen hörte sie die Musik und ließ den Rock um ihre Beine wirbeln.

Als die Musik aufhörte, blieb sie stehen. Wie aus weiter Ferne hörte sie den Beifall der Zuschauer.

Als die Musik wieder anfing, öffnete sie die Augen und sah den alten Drehorgelspieler mit seinem Affen. Aufmunternd nickte er ihr zu, gab ihr ein Zeichen, wieder zu tanzen.

Manchmal fragte sie sich, ob sie noch immer träumte. Oder ob sie nie geträumt hatte. Sie wußte es nicht. Aber das war ihr eigentlich auch egal, denn sie wußte, daß sie lebte.

Das Plakat

Sie saß in ihrer Küche und sah sich das Plakat an, das sie sich vor zwei Tagen an die Wand neben den Brotkasten gehängt hatte.

Sie hatte es in irgendeinem Schreibwarengeschäft gekauft. Eines jener zum Träumen verlockenden Fotos von fernen Ländern, Stränden und Meeren.

Es war ihr, als ob sie das Geschrei der Möwen hörte und das Rauschen der Wellen. Die Frau auf dem Plakat saß mit dem Rücken zu ihr und schaute hinaus auf das in der Sonne glitzernde Meer.

Sie stellte sich vor, neben jener Frau zu sitzen. Eine seltsame Ruhe breitete sich in ihr aus, und als sie tief Luft holte, war ihr, als ob sie die salzige Meeresluft auf ihrer Zunge schmeckte.

Da drehte sich die Frau herum und schaute sie an mit Augen, so blau wie das Meer.

»Komm«, sagte sie lachend und strich sich das wehende Haar aus dem Gesicht, »habe keine Angst!«

Ellen zögerte, doch dann tat sie den Schritt und stieg ein in das Plakat.

Sie spürte den weißen Sand um ihre Zehen rieseln und den leichten Seewind ihre Wangen streicheln.

Als Bernd am Abend nach Hause kam, war sie nicht mehr da. Sie hatte nicht gekocht und die Wohnung nicht aufgeräumt. Er wartete den ganzen Abend. Als sie nicht wieder auftauchte, rief er ihre beste Freundin an. Doch auch sie konnte ihm nicht weiterhelfen.

Ruhelos lief er in der Wohnung auf und ab. Er sah, daß ihre Kleider im Schrank hingen und die Koffer sich noch immer unter dem Ehebett befanden.

Am nächsten Morgen traf er eine Nachbarin im Fahrstuhl und klagte ihr sein Leid. Sie sagte ihm, daß sie Ellen das Haus hatte verlassen sehen und riet ihm, zur Polizei zu gehen. Die Polizei untersuchte die Wohnung, befragte die Nachbarn und veröffentlichte ihr Foto in Zeitungen und Fernsehen.

Es meldeten sich ein paar Leute, die sie gesehen haben wollten.

Doch jede Spur verlief im Sande. Sie tauchte nie wieder auf.

Irgendwann hängte Bernd das Plakat in der Küche ab.

Er hatte es nie gemocht.

Ein Zwerg

Vor vielen Jahren lebten ein Bauer und seine Frau in Schleswig-Holstein. Tagaus tagein gingen sie ihren alltäglichen Pflichten nach, und da sie keine Kinder hatten, hatten sie nur sich selbst und das mit den Jahren immer mehr. Daher wußten sie auch nichts von der Existenz der Wurzelzwerge, die auf ihren Feldern lebten.

Eines Tages, als der Bauer einige Karotten für den eigenen Bedarf holte, steckte er aus Versehen und da er etwas kurzsichtig war, einen der Zwerge mit in den Korb.

»Da bist du ja endlich«, sagte die Bäuerin zu ihrem Mann, als dieser das mitgebrachte Gemüse auf den Küchentisch stellte. »Das werde ich gleich in die Suppe tun und kochen.«

»Ich will aber nicht gekocht werden!« schrie der Wurzelzwerg empört.

»Nanu?« rief die Frau und sah ihren Mann überrascht an. »Hast du das gehört?« Und als die beiden sich über den Korb beugten, entdeckten sie einen nackten Zwerg, der sich hinter einer großen Karotte zu verstecken suchte.

»Ach, ist der süß!« rief die Bäuerin mit spitzer Stimme, langte zwischen das Gemüse und hob ihn heraus. »Den will ich haben! So ein goldiges Kerlchen, nicht wahr Mann?«

»Ja, sieht fast wie ein Mensch aus«, brummte der Bauer, »nur ein bißchen zu klein geraten, findest du nicht?«

»Na und? Du wirst sehen, mit der richtigen Ernährung wird er schon wachsen.«

Ich werde ihm Kleider nähen und ihm etwas zu essen geben, dachte die gute Frau.

Besser als gekocht werden, dachte der Wurzelzwerg.

Die Bäuerin legte ihn auf ein weiches Kissen, und während sie pausenlos auf ihn einredete, nähte sie ihm Schühchen, Söckchen, Jäckchen, Höschen, Mützchen und Handschuhe. Dabei ließ sie ihn keinen Augenblick aus den Augen. Wann immer er sich zur Seite drehen wollte, um vom Kissen zu rutschen und davonzulaufen, packte sie ihn und legte ihn wieder an seinen Platz. Sie war ja auch viel stärker. Zum Glück hatte sie alles fertiggenäht, bevor er verhungert war.

»Du wirst es schon gut bei mir haben, mein Kleiner«, versprach sie ihm, streichelte über seine roten Karottenhaare und zog ihn an. Dann begann sie für ihn zu kochen, und der Zwerg mußte fünfmal am Tag alle möglichen Speisen zu sich nehmen. Selbst wenn er satt war, zwang ihm die Frau den Löffel in den Mund.

»Du mußt doch groß und stark werden!« schrie sie ihn an, wenn er die Nahrung verweigerte.

»Gutes Kind«, lobte sie ihn, wenn er den Mund aufmachte und mit Widerwillen ihre Breie hinunterwürgte.

Lange machte er das nicht mit.

»Unter den Wurzelzwergen bin ich fast ein Riese«, sagte er sich empört. »Und außerdem haben sie mich nicht gefragt, ob ich so werden will wie sie.«

Als der Wurzelzwerg eines Nachts das Schnarchen der Bauernsleute hörte, stand er ganz leise aus seinem Bettchen auf, zog sich aus und schlich davon. Schließlich brauchen Wurzelzwerge keine Kleider.

Er lief weit weg von dem Bauern und der Bäuerin.

»Es gibt keine Dankbarkeit auf dieser Welt!« seufzte die Bäuerin am nächsten Morgen, als sie bemerkte, daß der Wurzelzwerg sie verlassen hatte.

»Mir war er zu klein!« brummte der Bauer.

Ellen und Arne

Sie flogen auf den Berg und schauten herab auf ihr grünes Tal.

Die Sonne spiegelte sich in den vielen Bächen und ließ das Land in den wundersamsten Farben leuchten.

Aus der Ferne erklang das fröhliche Gezwitscher der kleinen gelben Vögel, und Arne wiegte seinen Kopf im Klang ihrer Lieder.

»Ich habe geträumt«, sagte Ellen leise.

Arne schaute sie mit seinen hellen Augen neugierig an.

»Von den Menschen?« fragte er und ließ dabei eine seiner Federn genüßlich durch den Schnabel gleiten.

Ellen schwieg, und Arne gewährte ihr Zeit, denn er wußte, daß sie mit ihren Gedanken an einem anderen, unheimlichen Ort war.

Im Gegensatz zu ihm besaß sie die Gabe, im Schlaf Bilder zu sehen und in ihnen zu leben. Er erinnerte sich, wie sie ihm begeistert von ihren ersten Träumen erzählt hatte und wie er versucht hatte, sie sich vorzustellen.

Mal waren sie beide die Arme des Windes, die die riesigen Bäume des Waldes bewegten, den Schmetterlingen in die Höhe verhalfen, aus der Erde Hügel bauten. Dann waren sie der Wald, zwei Blätter eines Zweiges, Schmetterlinge auf dem Flug in den Himmel, der weiße Sand an den Ufern eines großen Wassers.

Bald kreisten Arnes Gedanken nur noch um Ellens Träume. Sie verdrängten all jene Gefühle, die sein Leben so heiter und freundlich gestaltet hatten, und er spürte in sich einen nie endenden Hunger nach diesen Träumen.

Doch ihre Träume waren wie flüchtige Begleiter, die ihre eigenen Wege zu gehen schienen. Arnes Enttäuschung war immer groß, wenn sie ihm keinen Traum erzählen konnte, und eines Tages geschah es, daß Arne ihr mißtraute, ihm nicht alles zu erzählen.

»Sie will mich nicht an ihrem Traum teilhaben lassen«, dachte er. Haß lebte fortan in seinem Vogelherzen.

Arne wehrte sich gegen dieses Gefühl, das eingekehrt war bei ihm und seine Brust zu zersprengen schien. Doch irgendwann gewöhnte er sich daran und merkte nicht mehr, daß Mißtrauen und Haß Platz in ihm gefunden hatten.

Anfangs bemerkte Ellen nur Arnes Freude, Ungeduld und Enttäuschung, Gefühle, die sie mit ihm teilte. Auch sie freute sich über ihre Träume und war enttäuscht, wenn diese ausblieben. Seine Ungeduld war ihr fremd, aber verzeihlich bei ihm, war doch sie die durch ihre Träume Bevorzugte und er der von ihr Abhängige. Sie liebte Arne, und sie glaubte, daß er durch diese Liebe eines Tages fähig sein würde zu träumen.

Doch als er anfing, ungeduldig auf das Erzählen ihrer Träume zu warten, spürte sie etwas Neues zwischen sich und ihn treten. Es ließ seine wunderschönen Augen gefährlich glimmen, und unter diesem Blick fing ihr Herz an zu rasen.

Sie gab dem Gefühl den Namen Angst.

Um keine Angst zu haben, erzählte sie ihm von Träumen, die sie nie geträumt hatte. Gleichzeitig veränderten sich ihre wirklichen Träume. Sie verdunkelten sich, erzählten von düsteren Tälern, von Rauch und Gestank; ihre anfänglich heitere Schwerelosigkait verschwand.

Ellen spürte Angst in ihren Träumen.

Zunächst erzählte sie Arne nicht von den Menschen, diesen seltsamen Wesen mit den langen Haaren und den wilden Gesichtern. Sie sah sie sich gegenseitig bekämpfen, die Tiere töten, die Bäume fällen, das Tal zerstören.

Ihre Träume boten ihr nicht mehr die Zärtlichkeit und die Wärme einer wundersamen anderen Wirklichkeit. Sie boten keinen Schutz mehr vor Arnes Haß und Mißtrauen, die immer unerträglicher wurden.

Doch als die Angst und die Trauer Ellen zu zersprengen

drohten, erzählte sie Arne von den Menschen. Sie schilderte ihm ihre grausamen Bilder, und trotz des Mißtrauens, erfaßte Arne bald den Verlust ihrer Träume, die ihn mit Glück und Freude erfüllt hatten.

Die Zeit verging. Ellen hockte da und horchte nachdenklich auf den Gesang der kleinen gelben Vögel. »Nun sage mir endlich, was du geträumt hast!« begehrte Arne zu wissen und schreckte sie mit seinen Worten aus ihren Gedanken auf.

»Ich habe Menschen in unser Tal kommen sehen«, antwortete Ellen stockend. »Und ich habe dich und mich gesehen, aufrecht gehen, ohne Flügel und mit langen zottigen Haaren!«

Und als Ellen und Arne im Tal die Bäume fällten, wußten sie nicht mehr, daß sie früher hatten fliegen können.

Rebekah

Ein Reiter kam in unser Dorf und brachte die Nachricht von dem alten Mann. Ich wußte von ihm vom Hörensagen. All die Geschichten über seine Grausamkeit waren auch an meine Ohren gedrungen. Nie hätte ich gedacht, ihm einmal persönlich zu begegnen. Und nun erfuhr ich von dem Gelöbnis meines Vaters, mich mit ihm zu vermählen.

Der Ruf des alten Mannes traf mich unerwartet, wie ein plötzliches Gewitter. Ich schaute mich um, suchte nach einem Versteck, in dem der Regen mich nicht findet, der Blitz mich nicht tötet. Denn ich hatte Angst.

Der alte Mann hatte schon viele Frauen gehabt, von denen keine mehr lebte.

Man sagte, daß sie ihm nur Töchter geboren hatten, die er kurz nach der Geburt töten ließ. Die Menschen fürchteten seine Grausamkeit, und es hieß, daß er besessen sei von der Idee, einen Sohn haben zu müssen.

»Warum hast du mich ihm versprochen?« fragte ich meinen Vater.

»Damals, als du geboren wurdest, hatte ein großes Feuer unsere Getreidehäuser vernichtet und unser Vieh getötet«, antwortete er. »Viele von uns kamen in den Flammen um. Als wir schließlich das Feuer gebändigt hatten, stellten wir fest, daß alle Vorräte verbrannt waren. Der alte Mann schickte uns Getreide und Vieh und kam uns bald darauf besuchen. ›Ein Mädchen wurde in der Nacht des Feuers geboren‹, sprach er, ›und dieses Mädchen wird meine Gemahlin werden, so haben es mir die Weisen Frauen gesagt.‹

Ich stand in seiner Schuld, und ich konnte ihm nichts vormachen. Alle wußten, daß mir in jener Nacht eine Tochter geboren worden war.«

»Und dann hast du mich ihm versprochen? Einem

Mann, der schon damals älter war als du?« schrie ich verzweifelt.

Ich zürnte meinem Vater, und meine Brüder Andros und Davud erhoben sich gegen ihn. Doch all unser Aufbegehren half nicht, wir mußten uns fügen in den Willen des Alten und das Versprechen, das unser Vater ihm gegeben hatte. Hätte ich mich widersetzt, hätte er mich töten müssen. So wollte es das Gesetz unserer Zeit.

Die Mädchen meines Dorfes beneideten mich nicht. Sie trauerten und malten sich die Gesichter schwarz.

Auch meine Mutter weinte. Sie durfte mich nicht begleiten. Das hatte der alte Mann so angeordnet, der eine Sänfte geschickt hatte, in der mich vier Träger zu ihm tragen sollten. Doch ich weigerte mich, diese Sänfte zu besteigen, die mir wie der Vorbote meines Gefängnisses erschien.

Meine Tränen blieben in meinem Herzen stecken, und ich trug sie mit mir auf meinem Weg, schwer wie Steine.

Schon von klein auf war ich das Reiten gewohnt. Als wir älter wurden, unternahm ich mit meinen Brüdern tagelange Ausritte durch die Wälder und Berge unserer Heimat, und wir übten uns im Schwertkampf.

So bestand ich darauf, daß Andros und Davud mich auch zu diesem »Ausflug« begleiten sollten. Die Träger berieten lange untereinander, gaben aber schließlich nach und trugen die leere Sänfte zurück in das Schloß des Alten, während ich mit meinen Brüdern vorausritt. Da wir es nicht eilig hatten, machten wir häufig Rast und jagten hinter dem Wild her, das uns begegnete.

Unsere Wut, Trauer und Verzweiflung ließen sich jedoch durch keine Jagd verscheuchen, und auch die Schönheit der Natur bot uns keinen Trost.

»Wir kennen so viele Stellen im Wald und in den Bergen, die keines Menschen Auge jemals gesehen hat«, schlug Andros vor. »Warum verstecken wir Rebekah nicht?«

»Dann wird der Alte seine Soldaten in unser Land schicken, und sie werden es verwüsten, schlimmer noch als das Gewitter in der Zeit zu Rebekahs Geburt«, entgegnete Davud bitter.

Und so wie diesen, verwarfen sie auch all die anderen Pläne, die ihnen in den Sinn kamen.

Je mehr wir uns dem Schloß des Alten näherten, desto stiller wurden wir. Als wir aus der Ferne die Türme und Mauern des Schlosses sahen, öffnete sich mein Herz, und die Tränen strömten über mein Gesicht.

Wir ritten hinunter zum Schloß, wo wir bereits mit fröhlichen Lärm und Musik erwartet wurden. An jenem Tag regnete es, und so bemerkte niemand meine Tränen, die sich mit dem Regen mischten.

»Du bist ein schönes Mädchen, Rebekah!« sprach eine alte Frau mich mit rauher Stimme an. »Du wirst uns den Erben schenken, den wir brauchen, mein Mädchen. Wirst du das?«

Ich senkte den Kopf und antwortete ihr nicht.

Sie warf mir einen scharfen Blick zu und führte uns in die oberen Räume des Schlosses.

Unsere Schritte hallten von den Wänden wider, und so waren auch meine Gedanken, dumpf und schwer. Wir gingen durch hohe und kahle Räume, die dennoch bewohnt zu sein schienen. Ich sah Schatten an den Wänden, spürte die Nähe von Menschen, ja, glaubte ihr Flüstern zu hören, sah aber niemanden. Schließlich gelangten wir in einen Raum, in dem viele Kinder auf dem Boden krabbelten. Sie schrien und weinten, doch es war niemand bei ihnen, obwohl manche von ihnen krank zu sein schienen.

»Was ist mit ihnen?« fragte ich die alte Frau.

»Von wem sprichst du?«

»Diese Kinder hier! Sie sind doch krank! Sie weinen, und niemand kümmert sich um sie! Wo sind ihre Mütter?«

»Wovon sprichst du? Ich sehe hier keine Kinder!«

»Aber ihr seht sie doch auch!« rief ich Andros und Davud zu. Doch auch meine Brüder schauten mich nur verwirrt an.

Eines der Kinder hängte sich weinend an mein Bein. Als ich es aufheben wollte, gab mir die Alte einen Stoß, und es fiel ab von mir. Plötzlich waren alle Kinder verschwunden.

In einem anderen Raum fiel mein Blick auf weißgekleidete junge Frauen, nicht älter als ich. Sie schienen einander nicht wahrzunehmen, jede für sich wie in einem eigenen Traum daherzuschweben. Nur hatten sie alle den gleichen Traum, so schien es mir jedenfalls. Sie rangen die Hände, schrien und weinten, rauften sich die Haare und flehten um Hilfe.

»Was haben diese Frauen, warum weinen sie?« wollte ich von der Alten wissen.

»Was siehst du denn?« fragte diese und blickte mich mit merkwürdig forschenden Augen an.

»Siehst du sie denn nicht?« schrie ich. »Diese jungen Frauen, die hier in diesem Raum um Hilfe rufen?«

Doch die Alte antwortete nicht und schob mich ungehalten weiter.

Auch meine Brüder sahen mich bedauernd an.

Schließlich kamen wir in den Saal, in dem der alte Mann auf einem riesigen Bett thronte. Als ich sein Gesicht sah, erschrak ich. Nie zuvor hatte ich einen solch häßlichen Kopf gesehen. Dieser Mann war schon viele hundert Jahre alt. Seine Mutter, eine Hexe aus den blauen Wäldern hatte ihm vor ihrem Tod Unsterblichkeit verliehen im Austausch gegen ihre eigene.

»Ich weiß, was du von mir denkst«, kicherte er und schaute mich mit wäßrig-blauen Augen an.

Plötzlich spürte ich einen Luftzug, und neben mir stand ein Mann. Ich griff nach meinem Schwert und ebenso Andros und Davud.

»Haltet ein«, lachte der Mann mit einem fröhlichen Lachen, das so klang wie die hohen Bäume meiner Heimat, wenn sie sich im Wind bewegen. Er hatte buschige Augenbrauen, unter denen tiefblaue Augen lagen, die sich auf mich richteten. Seine hohe und schlanke Gestalt war bekleidet mit edlen Stoffen, an seinen Fingern blitzten kostbare Ringe,

»Wer bist du?« fragte ich ihn.

»Das ist dein zukünftiger Ehegemahl, mein Täubchen«, kicherte die Alte, und als ich zu dem Bett hinübersah, bemerkte ich, daß sich dort niemand mehr befand. Verwirrt schaute ich den Mann an und hörte ein Lachen, das mich erschreckte.

»Wie kann es sein, daß du deine Gestalt veränderst?« fragte ich zitternd.

Er nahm meine Hand und zog mich auf das Bett.

»Ich weiß, daß du mich haßt«, antwortete er. »Aber vielleicht wirst du ja diese meine Gestalt lieben und mir den ersehnten Sohn gebären!«

»Was für einen Unterschied macht es für dich, ob ich dich liebe oder hasse? Du hast mich zu dir gezwungen. Nur das zählt!«

Wieder lachte er, und plötzlich war ich allein.

Die Tränen in meiner Brust lösten sich, fielen wie schwere Steine auf den Boden. Und jedesmal spürte ich, wie dabei die alten Gemäuer des Schlosses erbebten.

Dann rief ich die Heilige Mutter an, die Gebende und Nehmende, die Liebende und auch Tötende und bat sie um Schutz und Hilfe. Ich weiß nicht, wieviele Tage ich eingeschlossen war in diesem Raum; wieviele Stunden ich geweint habe und wie lange ich die Göttin anrief.

Plötzlich öffnete sich eine Wand, und er trat ein in der Gestalt des schönen Ritters, noch prächtiger gekleidet als zuvor.

»Ich weiß, was du denkst und was du fühlst. Ich bin alt, und ich habe viele Frauen gehabt. Sie alle haben so gedacht und so gefühlt wie du.«

»Und du hast sie alle getötet!« schleuderte ich ihm entgegen.

»Langsam! So spricht keine Frau in meinem Lande mit dem Mann. Vor allem nicht, wenn sie ihm versprochen ist.«

»Ich wollte, ich könnte dich töten!« schrie ich.

»Weißt du nicht, daß ich nicht sterben kann?« fragte er, und für einen Moment spürte ich die tiefe Trauer in mir, die die seine war. »Daß ich solange unter den Lebenden verweilen muß, bis mir mein Sohn die Unsterblichkeit abnehmen wird?«

»Und darum mußten so viele andere sterben?« schluchzte ich.

Sein Lachen hallte noch in meinen Ohren, als er sich schon wieder in Luft aufgelöst hatte. Er hatte mich genommen, und von jenem Tage an besuchte er mich jeden Tag. Ich haßte ihn, und doch sehnte ich bald die Stunde herbei, in der er kam. Er zeigte sich mir nie wieder in der ursprünglichen Gestalt, und manchmal, wenn ich ihn in der des Edelmannes ansah, vergaß ich den häßlichen Greis, seine Grausamkeit und meinen Haß.

Als ich dich in meinem Leibe trug, lachte er zufrieden. Ich dachte jetzt oft an den Raum mit den kranken Kindern und wußte nun, was mit ihnen geschehen war. Er hatte nur Töchter bekommen und sie alle kurz nach ihrer Geburt getötet. Was ist, so fragte ich mich, wenn auch du ein Mädchen bist? Ich hatte Angst um dich und betete zu unserer aller Mutter um Hilfe.

»Mach, daß ich einen Sohn gebäre!« flehte ich sie an.

Eines Tages brachte er Andros und Davud zu mir, die er an seinem Hofe gefangen hielt. Sie hatten sich sehr verändert. Schatten lagen unter ihren Augen, feine graue Fäden zogen sich durch ihr schwarzes Haar.

»Du hast sie mißhandelt!« schrie ich ihn an.

»Frage sie«, verlangte er von mir, doch meine Brüder schüttelten traurig die Köpfe und schauten auf meinen Leib.

»Du hast empfangen, Rebekah?« verlangte Andros von mir zu wissen, und in seinen Augen blitzte der alte Zorn.

In der Nacht träumte ich von dir, mein Kind, und genoß es, wie du mit meinen Haaren spieltest.

»Er wird mich töten«, hast du gesagt.

»Was soll ich tun?« schluchzte ich. »Er ist ein großer Zauberer!«

»Nicht im Garten seiner Mutter«, hast du gemeint.

Als ich aufwachte, liefen mir Tränen übers Gesicht. Mir fiel das Zimmer ein, in dem die jungen Frauen herumliefen, weinten und einander nicht wahrzunehmen schienen. Ich sah an mir herunter, sah mich in meinem langen weißen Kleid und wußte, daß auch ich bald eine von ihnen sein würde.

Ich hatte oft an Flucht gedacht und dabei gewußt, daß sie mir doch nicht gelingen würde. Zum ersten Mal spürte ich nun so etwas wie Zuversicht.

Er besuchte mich nur noch selten, kam, um sich meinen Bauch anzuschauen. Dabei forschte ich in seinem Gesicht nach Zeichen und Hinweisen über ihn, der mir in seiner Rittergestalt so vertraut war und den ich doch verabscheuen und hassen mußte, weil er das Leben, weil er dich haßte.

In meinem Zimmer gab es ein Fenster, das zu den hinteren Höfen führte. Ich hatte es mir angewöhnt, die Frauen beim Wäschewaschen und die Männer beim Versorgen der Tiere zu beobachten. In meiner Einsamkeit hatte ich ihnen Namen gegeben, und ich stellte mir vor, wie sie sich unterhielten und was sie einander sagten.

Manchmal sah ich meinen mir aufgezwungenen Gemahl, denn so nannte ich ihn inzwischen, in der Gestalt des Ritters ausreiten, und jedesmal tobten in meiner Brust so viele widersprüchliche Gefühle.

»Ich möchte mit dir und meinen Brüdern ausreiten und das Land kennenlernen, in dem du zu Hause bist«, bat ich ihn bei einem seiner nächsten Besuche.

»Du erwartest meinen Sohn. Das Reiten wird ihm schaden«, widersprach er.

»Deinem Kind kann das Reiten nicht schaden«, sagte ich und lachte.

»Willst nicht auch du, daß dies meine Heimat und die deines Sohnes ist? Bitte, zeige mir dein Land, die blauen Wälder und die Seen, die Dörfer und die Menschen!«

Doch er ließ sich nicht überreden, schaute mich durchdringend an und verließ wortlos den Raum.

Es dauerte lange, bis er mich wieder besuchen kam. Diesmal kam er in seiner grausigen und ursprünglichen Gestalt, die mich erschreckte wie am ersten Tag, und es bereitete mir Mühe, keinen Ekel zu zeigen und freundlich zu bleiben. Ich hatte jedoch nicht mehr viel Zeit: Mein Bauch wurde von Tag zu Tag schwerer, und ich spürte, wie dein kleiner Körper in mir wuchs. Diesmal gelang es mir, ihn zu überreden. Schon am nächsten Morgen wurden die Pferde für uns gesattelt, und ich sah meine Brüder im Hof auf mich warten. Andros und Davud blickten mich fragend an, und ich gab ihnen ein Zeichen, deutete das bevorstehende Ende unserer Qualen an.

Wir ritten den ganzen Vormittag. Auf den Feldern wurde gearbeitet, und die Bauern warfen sich vor meinem Gemahl auf die Knie, doch er ritt an ihnen vorbei, ohne sie zu beachten.

Schließlich erreichten wir den blauen Wald, in dem seine Mutter in ihrem Palast gelebt hatte.

»Als sie starb, baute ich mir mein eigenes Schloß. In diesem Wald habe ich nie gerne gelebt«, erklärte er mit müder brüchiger Stimme, und als ich ihn anschaute, sah ich, wie sich seine Gestalt veränderte und er wieder zum Greis wurde.

In diesem Wald war alles von blauer Farbe – die Bäume, die Blätter, das Gras und selbst die Vögel. Wie ein eisiger Mantel legte sich die kalte Luft auf uns, und die Pferde weigerten sich weiterzugehen. Doch ich trieb sie und meine Begleiter an, bis wir schließlich vor den Mauerresten des blauen Palastes standen.

Alles Leben schien hier wie erstarrt.

Auf meinem Wink hin verschwanden Andros und Davud hinter den Bäumen, und auch ich versteckte mich.

Die Suche deines Vaters nach uns war die eines blinden alten Mannes, der vielleicht Mitleid in mir erweckt hätte, wäre die Kälte nicht in mein Herz eingedrungen. Ich sah seine Ohnmacht und wußte nun, daß sein Zauber in diesem Wald nicht wirkte.

Sollte er hier endlich sterblich sein?

Bevor wir ausgeritten waren, hatte er uns unsere alten Waffen zurückgegeben.

Meine Tochter, ich habe deinen Vater getötet, den alten und grausamen Mann, der sonst uns getötet hätte.

Wir sind zurückgekehrt in sein Schloß, und du hast dort das Licht der Welt erblickt. Die Unsterblichkeit seines Geschlechts hat mit ihm ihr Ende gefunden.

Ich bin jetzt alt. Andros und Davud leben nicht mehr. Andros hat nach diesem Kampf, der eigentlich keiner war, sein Schwert ergriffen und sich in den Dienst fremder Könige begeben, für die er schließlich sein Leben ließ.

Davud blieb noch eine Weile bei mir und kehrte dann zurück zu unseren Eltern. Er heiratete später ein Mädchen aus unserem Dorf und starb als alter Mann und Vater von zwölf Töchtern und Söhnen.

Jetzt, im Alter, frage ich mich, warum dein Vater uns in den blauen Wald geführt hat. Hat er nicht gewußt, daß er dort verwundbar war? Manchmal glaube ich, meine Tochter, daß er durch mein Schwert fallen wollte.

Auch ich bin alt und müde und glaube ihn heute gut zu verstehen. Wir alle fürchten uns vor dem Tod und sehnen ihn doch herbei. Ich bin alt, und ich fühle, daß ich sterblich bin. Der Gedanke an den Tod erschreckt und beruhigt mich zugleich. Es tröstet mich, daß ich nicht ewig leben werde. Und trotzdem hänge ich am Leben. Wäre ich unsterblich, wie einst dein Vater, dann wäre dies eine große Verführung, leben zu wollen. Aber wie lange mag das ewige Leben lebendig sein und ohne den Gedanken an den Tod?

Ich wußte wenig von deinem Vater. Die Menschen fürchtete ihn und seine Grausamkeit, seine Macht und Gewalt über sie. Auch ich hatte Angst vor ihm. Er hat mir wenig erzählt von sich.

Erst im blauen Wald, seinen nahen Tod vor Augen, sprach er von seiner Mutter, und für einen Augenblick spürte ich die Einsamkeit des Kindes in ihm, dem Greis. Im Garten seiner Mutter war er verwundbar. Dort war er sterblich.

Die Schwertkämpferin

Meine Mütter riefen mich zu sich an dem Tag, der länger war als alle anderen Tage. Sie saßen in dem Raum des Hohen Rats, in dem sie die heiligen Worte zur Großen Mutter sprachen. Hier erscheint den Sehenden ihr Gesicht, und die Hörenden vernehmen ihre Stimme.

»Nimm das Schwert Itaxa und gehe hinaus in die Wälder des Südens. Ein Drache ist gekommen, uns alle zu vernichten«, sagte Amba, die Priesterin.

»Du mußt ihn töten, denn sonst sind wir des Todes und mit uns alle anderen Wesen unserer Erdenwelt. Der Gott der Dunkelheit und des Zorns hat uns den Drachen geschickt. Er haßt uns, weil er alles Leben haßt. Er verachtet uns, weil wir das Leben lieben, unser Ursprung Liebe ist.«

Bei diesen Worten klopfte mir das Herz, und ich spürte Freude und Angst zugleich in meinem Herzen. In den alten Überlieferungen meines Volkes wird immer wieder von den Kämpfen früherer Schwestern gegen die Kräfte der Dunkelheit erzählt.

Meine großen Vorbilder sind Elisa und Dana. Beide waren berühmte Schwertkämpferinnen, kundig im Überlisten des Feindes und von großer Schönheit. So verliebte sich einst der Gott des Zornes in Elisa, die er begehrte und zu entführen versuchte. Doch Elisa hatte die Gabe des Gesichts und erfuhr von seinem Vorhaben, bevor er dies in die Tat umsetzen konnte. Sie forderte ihn zum Zweikampf heraus und versprach, ihm in das Reich der Finsternis zu folgen, sollte er den Kampf gewinnen. Der Gott des Zornes willigte ein, überzeugt von seinem Sieg. Doch er unterlag. In diesem Kampf stand meiner Schwester das Schwert Itaxa zur Seite, das unsere Ureltern einst in der magischen Welt mit ihren Liedern geschmiedet hatten. Sie reichten das Schwert Itaxa weiter an die Große Mutter und diese wiederum an ihre Tochter.

Auch Dana hatte die Gabe des Gesichts. So sah sie zu ihrer Zeit die große Dürre voraus, die unser Land bedrohte. Dana legte ihr Schwert beiseite und ging barfüßig zur Höhle der Heiligen Mutter am Rande des großen Wassers, dort, wo sich Wasser und Erde zum ersten Mal trafen. Es heißt, daß Dana hier heute noch lebt. Hier weihte sie sich und ihr Leben der Großen Mutter und wendete so die große Dürre ab, die sie vorausgesehen hatte.

Für meinen Ritt in die Wälder des Südens erwählte ich mir die schwarze Stute Alaksa aus den Ställen meiner Mütter.

Alaksa war damals nicht nur das schnellste Pferd im ganzen Land, es verstand auch unsere Sprache besser als alle anderen Pferde.

Ich ritt auf meinem Pferd viele Tage lang. Wenn wir Hunger hatten, ernährten wir uns von den Beeren, die ich in einem Beutel bei mir trug. Bekamen wir Durst, so gaben uns die vielen klaren Bäche der Erde etwas von ihrem Wasser.

Itaxa, das magische Schwert, verlieh mir Kraft, Mut und Zuversicht. Mein Herz war froh, und in ihm war wenig Platz für die Angst. Auf einer Lichtung begegnete ich eines Tages einer Löwin. Sie schien zu schlafen, und ihre vier Jungen turnten fröhlich auf ihr herum. Ich schaute ihnen eine Weile zu und erfreute mich an ihrem Spiel. Als Kind hatte ich eine Löwin gehabt, die bei mir schlief und die Milch meiner Mütter trank wie ich. Löwen sind unsere Gespielen. Wenn sie erwachsen sind, lassen wir sie ziehen. Manche von ihnen kommen wieder, wenn sie Junge bekommen. Andere bleiben auf ewig in der von ihnen erwählten neuen Heimat.

Meine Löwenschwester hatte ich nach unserer Trennung nie wieder gesehen. Einen Moment lang dachte, ja hoffte ich, sie hier wiedergetroffen zu haben. Doch dann sah ich, daß dies eine andere Löwin war. Müde schaute sie zu mir hinüber. Ich grüßte sie, indem ich meine Handflächen aufeinanderlegte und leicht mit dem Kopf nickte. Sie blickte mich an und nickte ebenfalls. Da wußte ich, daß sie eine unserer Löwinnen war und ihre Kindheit bei uns verbracht hatte.

Mein Herz klopfte vor Freude. Schon seit langem war ich alleine durch die Wälder geritten. Alaksa war zwar des Sprechens kundig, und ich konnte mit ihr meine Gedanken teilen. Doch was für eine Freude, einem weiteren vertrauten Antlitz gegenüberzustehen!

Ich blieb noch eine Weile und schaute ihrem Spiel zu. Dann aber zog ich weiter, voller neuerwachter Erinnerungen in meinem Herzen. Es war mir, als ob mich meine Löwenschwester durch diese Löwin gegrüßt hatte. Ganz nahe war mir plötzlich wieder die Zeit, da wir als Kinder miteinander gekämpft hatten. Meistens war sie die stärkere gewesen. Manchmal aber gewann auch ich den Kampf und biß ihr als Zeichen meiner Überlegenheit in den pelzigen Nakken.

Endlich kam ich an die Grenze zu den Wäldern des Südens. Mit Itaxa in der Hand fühlte ich mich stark, und doch klopfte mir das Herz. Zum ersten Mal spürte ich eine mir bis dahin unbekannte Angst: »Was ist, wenn der Gott der Dunkelheit stärker ist als die Große Mutter?«

Ich betrat den Wald und damit das Reich des Drachen. Der Geruch von verbranntem Holz lag in der Luft. Nichts hatte dem üblen Atem des Drachen standgehalten. Der Wald war verbrannt, sein Boden schwarz und verkohlt, kein Baum oder Strauch mehr grün. Alaksa stampfte mit ihren Hufen auf den Boden und zögerte weiterzugehen. Doch schließlich gab sie meinen Worten nach und trat ein in die Dunkelheit.

Die kahlen dunklen Bäume reckten sich nach uns, und ihre verdorrten Zweige versuchten, mich zu greifen.

Ich schlug sie mit meinem Schwert Itaxa beiseite und bahnte mir so meinen Weg. Kein Laut drang an meine Ohren, kein Zeichen von Leben. Wie sollten irgendwelche Wesen hier auch leben? Wovon sich ernähren? Aus welchen Bächen trinken?

Hier hatte das Leben aufgehört zu leben.

Meine anfängliche Angst war verflogen. Ich spürte die Macht, die Itaxa mir verlieh. Meine Töchter! Es war, als ob in meinem Schwert Itaxa jene Kräfte wieder lebendig wurden, die es in all den vorausgegangenen Kämpfen gesammelt hatte. Ich spürte einen leichten Wind, ein Zeichen von Leben und wußte, daß ich nicht allein war. Ich sang die alten Lieder unseres Volkes, und die Namen früherer Schwertkämpferinnen fügten sich in meinen Gesang. Immer wieder versuchten die bösen Geister des Waldes, mir das Schwert der Göttin zu entreißen, doch als ihre Tochter bin ich im Schwertkampf geübt, und ich weiß, wie ich das Schwert zu führen habe.

So drang ich immer tiefer in den Wald der Baumgeisterhände. Die Hitze um mich herum hatte zugenommen, und ich spürte einen Anflug von Müdigkeit. Doch ich umklammerte das Schwert Itaxa noch fester und sang das Lied vom Wasser und der Erde.

Mit dem Gesang, so schien es mir, schirmten mich die unsichtbaren Körper meiner Mütter ab vor der Schwärze und dem Rauch, der immer beißender wurde, je mehr ich mich der Höhle des Drachen näherte. Die Höhle lag in einem Berg, aus dessen Spitze feuriger Rauch emporstieg. Itaxa, das Lichtschwert, aber leuchtete mir den Weg durch die Finsternis hinauf zu dem Schlupfwinkel des Drachen.

In der Höhle war es heiß, und die Hitze nahm zu, je weiter ich vordrang. Der üble Geruch stinkenden Fleisches stieg mir in die Nase.

»Der Drache riecht nach Verwesung«, dachte ich voller Ekel. »Der Gestank des Todes ist seine Waffe.« Doch ich überwand meinen Abscheu und rückte weiter vor. Mit dem Schwert Itaxa zerschlug ich die Wand von Hitze und Gestank. Unbekannte Worte kamen plötzlich über meine Lippen.

Die Große Mutter sprach durch mich die Lieder der Liebe und des Lebens.

Meine Töchter! ich begegnete in der Höhle des Todes dem Wunder des Lebens. Wo immer sich meine Worte und Lieder verfingen, begannen Blumen zu blühen, wuchs fri-

sches Gras, streckten die Bäume ihre grünen Zweige in die Höhe und fingen die Hitze und den Gestank aus der Höhle auf.

In der Ferne hörte ich das Brüllen des Drachen.

Lange hatte er hier auf mich gewartet, seines Sieges sicher. Er haßte den Duft des Lebens, der nun Eintritt fand in seine Behausung, und er erinnerte sich seiner Aufgabe, das Leben zu zerstören.

Ich bewegte mich auf ihn zu. Doch je mehr ich mich ihm näherte, umso leiser und verzagter wurde seine sonst so furchterregende Stimme.

Als ich ihn endlich erreicht hatte, rankten bunte Blumen sich um sein Haupt, und mit friedlichen Augen schaute er mich an.

Ich habe den Drachen mit in unser Land genommen.

Die Geschichte vom Prinzen Abdallah und der Prinzessin Perry

Der mit roten Rosen durchwirkte weiße Schleier fiel bis auf Sharifehs Schultern. Dichtes schwarzes Haar quoll darunter hervor, kaum gebändigt von dem mit Goldmünzen geschmückten Stirnband. Erst seit kurzem war sie in diese Stadt gezogen. Doch schon bald war sie bei allen Kindern des Viertels beliebt, denn niemand sonst kannte so viele Märchen wie Sharifeh.

»Es war einmal ein Prinz mit Namen Abdallah«, begann sie zu erzählen. »Er war der Liebling aller, und solange er klein war, gab er seinem Vater keinen Anlaß zum Kummer. Später jedoch, als er nicht mehr in den Kinderschuhen steckte, liebte er es, seine eigenen Wege zu gehen. Der König hatte zunächst nichts daran auszusetzen. Doch irgendwann ärgerte er sich darüber, daß er den Prinzen kaum noch sah und dieser sich kleidete wie die einfachen Leute und sogar deren Speisen bevorzugte. Eines Tages offenbarte Abdallah seinem Vater, daß er nicht König werden wolle. Statt seiner, schlug er vor, könne doch Prinzessin Fahime, seine Schwester, die Krone und das Land bekommen.«

»Aber es ist doch gut, König zu sein!« sagte einer der Jungen aus dem Kreis der Kinder.

»Alle am Hofe sagten das auch«, erzählte Sharifeh weiter. »Zuerst dachte sein Vater, Abdallah würde nur einer momentanen Laune nachgehen und bald zur Vernunft kommen. Doch als sein Sohn immer wieder, wenn die Sprache auf die Nachfolge kam, diese für sich ablehnte, erkannte er, daß es ihm ernst damit war. ›Mein Sohn ist krank‹, sagte er allen. ›Er will nicht König werden.‹ Und rief die besten Ärzte aus dem ganzen Land zu sich. Sie sollten seinen Sohn heilen. Doch sie alle fehlten. Abdallah blieb bei seiner Entscheidung. Zornig ließ der König ihn in seinem Zimmer einsperren, wo er in sich gehen und zur Einsicht kommen sollte. Nur noch mit seiner besonderen Erlaubnis durfte er fortan das Schloß verlassen.

Was blieb ihm übrig zu tun? Dem armen Prinzen, der kein König werden wollte? Er bestach seine Wachen, und eines Nachts stahl er sich hinaus aus dem Schloß. Wie ein Dieb schlich er die äußeren Schloßmauern entlang, bis er an jene Lücke gelangte, die ihn in die Freiheit entließ.«

»Und wo ist er dann hingegangen?« fragte ein kleines Mädchen.

»Still«, zischte ein anderes. »Sie erzählt es uns doch!«

»Viele Tage lief er durch die Wälder. Dann noch einmal viele Tage über die Berge, bis er schließlich in die Täler hinabstieg, in denen die Riesen herrschten. Kein Mensch hatte je zuvor seinen Fuß in ihr Reich gesetzt. Niemand wußte von ihrer Existenz. Und auch Abdallah hätte niemals den Weg zu ihnen gefunden, wäre diese Nacht nicht eine besondere Nacht gewesen.«

Sharifehs Stimme war leiser geworden, und die Kinder rückten näher. Ein Geheimnis lag in der Luft, und Sharifeh war da, es ihnen zu offenbaren.

»Nur einmal in allen Ewigkeiten ereignet sich das, wovon ich euch erzähle. Für wenige Augenblicke schien in dieser Nacht der Mond so hell wie die Sonne, und zwei seiner Strahlen kreuzten sich über Abdallahs Kopf in dem Moment, in dem er in die Freiheit trat. Unmerklich für ihn öffneten sich die Pforten zu jenen anderen Welten, die Seite an Seite existieren und sich doch nicht wahrnehmen. Nur einmal in allen Ewigkeiten kommt es vor, daß sich die gleichzeitig existierenden Welten einander nähern. In all der anderen Zeit aber sind sie wie durch eine Nebelwand voneinander getrennt, und nur selten durchbrechen Wesen aus den verschiedenen Welten diese unsichtbaren Wände und finden Einlaß in einer anderen Welt. Vielleicht wurde Abdallah durch irgendwelche höheren Wesen bevorzugt. Wie sonst können wir uns erklären, daß er in das Reich der Riesen fand?«

»Vielleicht hat er das nur geträumt?« meinte das kleine Mädchen.

»Vielleicht sind unsere Träume die anderen Welten!« sagte ein Junge nachdenklich.

Sharifeh setzte ihre geheimnisvolle Erzählung fort.

»Lange irrte Abdallah durch die wilden Täler eines Landes, in dem die Riesen herrschten. Manchmal, wenn er sie sah, fühlte er sich, als sei er eine Ameise, die sich in acht nehmen mußte, um nicht von weit größeren Wesen zertreten zu werden. So versteckte er sich, wann immer er einen von ihnen sah.«

»Haben sie ihn nicht gerochen?« wollte ein anderer Junge wissen. »Und gesagt: Ich rieche Menschenfleisch!«

»Nein«, antwortete Sharifeh und lächelte dabei. »Sie waren gutmütige Wesen. Sie wußten nichts von den Menschen, und da sie noch nie Fleisch gegessen hatten, kannten sie auch nicht dessen Geruch. Sie waren einfache Bauern. Abdallah stellte bald fest, daß sie ihm nichts zuleide tun würden. Den ganzen Tag arbeiteten sie auf ihren Feldern, und am Abend ruhten sie sich aus oder tanzten ausgelassen nach ihrer Musik, daß die Erde wackelte. Wenn Abdallah sie so fröhlich feiern sah, wurde das Herz ihm schwer, und im Geiste sah er das Schloß, in dem er aufgewachsen war. Sah sich inmitten der Kinderschar, die durch die Hallen tobte. Und spürte dann in sich eine große Einsamkeit, ein Sehnen nach einer vertrauten Seele, einer Berührung, dem Lächeln einer geliebten Person.«

Traurig schaute Sharifeh auf ihre kleinen Zuhörer.

»Eines Tages nahm Abdallah sich ein Herz und sprach einen der Riesen an. Als dieser seine Stimme vernahm und ihn schließlich auf dem Felsen erblickte, von dem aus er zu ihm hinaufschrie, ließ der Riese sich vor Schreck auf den Bauch fallen. ›Wer bist du, o Herr?‹ fragte er. ›Du bist so schrecklich klein, daß ich mich vor dir fürchten muß!‹

›Ich bin nur ein Mensch‹, erwiderte Abdallah. ›Ich habe selber Angst.‹

›Aber wie kann ein so furchtbar aussehendes kleines Wesen Angst haben? Dir kann doch niemand etwas zuleide tun. Ein Blick von dir genügt, und ich spüre, wie mir das Blut in den Adern gefriert!‹

Abdallah lachte und versuchte zugleich, den Riesen zu beruhigen. Schließlich ließ dieser sich davon überzeugen, daß er nichts Böses im Schilde führte.

Am Ende lud der Riese ihn sogar ein, mit in sein Dorf zu kommen. Er setzte Abdallah auf seine Schulter und machte sich auf den Weg. Der Riese war ein gemütlicher Kerl. Immer wieder blieb er stehen und schielte nach dem kleinen Mann.

›So etwas wie dich habe ich noch nie gesehen! So klein wie du bist, machst du mir keine Angst mehr!‹

›Wie könnte ich auch?‹ antwortete Abdallah. ›Du bist doch viel stärker als ich!‹

›Meinst du das wirklich?‹ staunte da der Riese. ›Wo du doch so schrecklich aussiehst!‹

›Aber ich sehe auch nicht anders aus als du. Nur, daß ich klein bin und du groß!‹ sagte Abdallah etwas beleidigt.

›Hast schon recht‹, beschwichtigte ihn der Riese. ›Ich wollte dir nicht zu nahe treten.‹

Im Dorf gab es einen Riesenauflauf. Alle kamen, um das kleine Wesen zu betrachten, das Gobi – so hieß der Riese – mitgebracht hatte. Hier stellte Abdallah auch fest, daß sein Freund kleiner als die meisten anderen Riesen und ganz offensichtlich ein Riesenkind war. Gobi beruhigte die anderen Riesen und sagte immer wieder, daß das schrecklich aussehende kleine Wesen kein Ungeheuer sei.

›Es will uns nichts tun, es ist ein Gast.‹

Gast war ein Zauberwort im Reich der Riesen. Gastfreundschaft wurde bei ihnen groß geschrieben. Wehe, einer von ihnen zeigte einem Gast die kalte Schulter. Er bekam nie wieder Besuch. So etwas fanden sie ganz schlimm.

Abdallah hatte es fortan sehr gut im Reich der Riesen. Alle begrüßten ihn freundlich und luden ihn ein, sie zu besuchen. Es war unmöglich, all diesen Einladungen sogleich zu folgen, und so besuchte er zunächst einmal Gobis Familie.«

Sharifeh schaute sich ihre gespannt zuhörende Schar an.
»Weiter«, riefen die Kinder. »Weiter!«

»Gobis Familie bestand aus dem Großvater, der Mutter, dem Vater und seinen beiden Schwestern. Abdallah blieb eine ganze Woche bei der Familie Gobi und genoß deren Gastfreundschaft. Danach besuchte er Gobis Nachbarn. Und danach die Familie von Gobis Freundin. So ging das weiter, bis er sie alle besucht hatte. Das dauerte ein ganzes Jahr.

So lernte Abdallah die Riesen kennen. Er mochte sie, und sie mochten ihn. Es ging ihm gut bei ihnen. Doch eines Tages sah er sich gezwungen, wieder fortzugehen, denn die Riesen wollten ihn zu ihrem«, hier machte Sharifeh eine Pause, »... König machen.«

»Oh nein!« riefen einige Kinder. »Nicht schon wieder!«

»Abdallah hat genau das Gleiche gesagt«, nickte Sharifeh. »Er lehnte ihr Anliegen ab, und so sehr sie ihn auch darum baten, er ließ sich nicht überreden, ihr König zu werden. Diesmal aber schlich er sich davon, bevor sie ihn festhalten konnten. Doch im Grunde traute er es ihnen nicht zu, daß sie ihn so, wie sein Vater, zur Krönung zwingen wollten. Die Riesen waren friedfertige Wesen. Dennoch machte Abdallah sich bei Nacht und Nebel auf und davon.

Sein Weg führte ihn durch die wundersamsten Landschaften. Einmal kam er in eine Eiswüste, wo der Wind scharf blies und ihm die Zehen fast abgefroren wären. Zum Glück entdeckte er jedoch den Eingang zu einer Höhle, in der er Unterschlupf fand. Nachdem er sich etwas ausgeruht hatte, wagte er sich tief in das Innere vor, bis er schließlich auf eine Öffnung stieß, die auf eine grüne Wiese führte. Beglückt kletterte er ins Grüne hinaus und lief weiter, bis er an einen Fluß gelangte. Da das Wasser nicht tief war, überquerte er den Fluß ohne Mühe, legte sich am anderen Ufer ins Gras und schlief vor Erschöpfung ein.

Im Halbschlaf hörte er leise Stimmen und ein Kribbeln auf der Nase. Mit einem lauten ›Hatschie‹ wachte er auf, und was sah er? Lauter winzige Ameisen, die auf ihm herumkrabbelten. Dabei redeten sie alle durcheinander und schienen schrecklich aufgeregt. Eine kniff ihm zornig in den Finger, und als er sie wegschubsen wollte, bemerkte er, daß sie sich festgebissen hatte. ›Du dumme Ameise‹, flüsterte Abdallah und sah sie sich genauer an.

Da entdeckte er einen winzigen Mann, der an einem winzigen Speer hing, dessen Spitze er in Abdallahs Daumen gerammt hatte. Wütend darüber, daß er ihn nicht herauszuziehen vermochte, hing er am Speerende und zappelte schimpfend in der Luft. Interessiert schaute Abdallah sich das Schauspiel an. Da spürte er auf seiner Nase ein Kribbeln, und als er dorthin schielte, erblickte er ein wunderhübsches Mädchen, das majestätisch mit verschränkten Armen auf seiner Nase auf und ab schritt.

›Wer bist du?‹ fragte sie plötzlich und stellte sich auf die äußerste Nasenspitze. ›Was willst du von uns?‹

›Ich heiße Abdallah‹, antwortete er, doch im gleichen Augenblick, als er ihr gerade sagen wollte, daß er keine bösen Absichten hätte, purzelte sie von seiner Nase und landete auf seiner Wange.

Schimpfend stand sie auf, strich sich ihren Rock glatt und stampfte wütend mit den Füßen.

›Du tust mir weh‹, sagte Abdallah und stellte sie behutsam auf seine Handfläche.

›Und wer bist du?‹

›Nun, ich bin Prinzessin Perry.‹

›Sage mir, Prinzessin Perry, behandelt ihr einen Gast immer auf diese Art?‹

›Gäste sind uns willkommen‹, erwiderte die Prinzessin. ›Und solltest du als Freund hierhergekommen sein, so bitte ich dich um Verzeihung für die Behandlung, die dir durch uns widerfahren ist.‹

›Ich kann euch gut verstehen‹, lenkte Abdallah ein. ›Ich bin so schrecklich groß, und ihr seid so wunderbar klein. Ich muß euch wie ein furchterregendes Ungeheuer erscheinen. Wie mutig ihr da doch seid, ihr kleinen Leute!‹

So sagten sich die beiden allerlei nette Worte. Auf einen Wink von Prinzessin Perry hatten sich die vielen hundert kleinen Wesen, die an Abdallah zerrten, verzogen, und selbst der Mann, dessen Speer in Abdallahs Finger festge-

hakt war, hatte diesen inzwischen wieder herausbekommen.

Nun saß Prinzessin Perry im Gras vor Abdallahs Gesicht und ließ sich von ihm dessen Geschichte erzählen.

›Du hast viel erlebt‹, sagte sie schließlich. ›Und hätte ich dich nicht gesehen, ich hätte niemals geglaubt, daß es noch größere Wesen als dich gibt! Ich dachte immer, wir seien schon sehr groß. Meinst du, es gibt auf der Welt noch kleinere Wesen als uns? Meinst du, ich könnte woanders ein Riese sein, so wie du hier? Wie ist das, ein Riese zu sein?‹

›Sehr merkwürdig‹, sagte Abdallah. ›Doch jetzt, wo ich mit dir zusammen bin, möchte ich so klein sein wie du.‹

Die Prinzessin und der Prinz wurden Freunde. Sie zeigte ihm ihr Land und stellte ihm ihre Eltern und den ganzen Hofstaat vor. Dabei brauchte er sich kaum vom Fleck zu rühren, denn er konnte von seinem Platz aus alles gut überschauen. Er stellte fest, daß er sich an dem Tag, an dem er hier angekommen war, auf ein ganzes Dorf und seine Felder gelegt hatte. Nun konnte er den Zorn der kleinen Leute gut verstehen. Er legte sich etwas weiter weg und beobachtete an den nächsten Tagen, wie die Bauern emsig versuchten, den Schaden wieder gut zu machen. Manche waren ihm noch lange böse, fuchtelten mit ihren Speeren zu ihm auf und drohten mit den Fäusten.

Sehnsüchtig wartete Abdallah jeden Tag auf die Stunden mit Prinzessin Perry, in denen sie zusammensaßen, einander Geschichten erzählten und miteinander lachten.

Als sie ihre Liebe füreinander entdeckten, erfüllte sowohl Freude als auch Trauer ihre Gemüter.

Der König, ihr Vater, hatte schon längst einen Ehemann für Perry gefunden. Abdallah und Perry mußten sich eingestehen, daß der, so klein wie er war, viel besser zu ihr paßte.

Sie schmiedeten Pläne und verwarfen sie wieder. Sie ließen sich von einer heilkundigen Frau besondere Säfte herstellen. Doch wurde nach deren Genuß weder Perry größer, noch Abdallah kleiner.

So beschloß Abdallah schweren Herzens, sich von seiner Geliebten zu trennen und heimlich wegzugehen. Eines Nachts schlich er sich davon.«

»Und was war mit Perry?« wollten die Kinder wissen.

»Als Perry entdeckte, daß Abdallah fortgegangen war, zog sie sich in ihr Gemach zurück und weinte und weinte. Ihre Eltern versuchten sie zu trösten, doch sie war untröstlich und wollte sich nicht mehr beruhigen. Da sie seit Tagen schon nichts mehr aß, fürchteten ihre Eltern, daß ihr Leben in Gefahr sei, und so rief der König nach einem Zauberer, der für seine Heilkunst bekannt war. Er sollte helfen, das Leben der Prinzessin zu retten.

›Sie ist noch jung‹, sagte dieser, nachdem er sie untersucht hatte. ›Und ihre Krankheit ist leicht zu heilen!‹

›Dann hilf ihr!‹ befahl der König.

›Schafft den Mann ihres Herzens herbei, und sie wird sofort wieder lachen und dem Leben zugetan sein!‹

›Er ist nicht der rechte Mann für sie, und außerdem ist er fort‹, erwiderte der König.

›Und ihr wißt nicht, wo er sich befindet?‹ fragte der Zauberer.

Der König verneinte.

›Nun, wenn er nicht zu ihr kommen kann...‹ grübelte der Alte, ›...dann muß sie zu ihm!‹

Der alte Zauberer dachte noch viele Stunden nach, während das Königspaar ihn mit besorgten Blicken beobachtete.

›Ihr werdet sie verlieren‹, sagte er schließlich. ›Entweder wird sie vor Hunger sterben, oder sie wird ihm, mit eurer Erlaubnis, folgen.‹

Darauf offenbarte er ihnen seinen Vorschlag.

›Ich werde eure Tochter in einen Vogel verwandeln, in dessen Gestalt sie ihm folgen und auf allen seinen Wegen begleiten wird.‹«

Die Kinder, die eben noch gespannt zugehört hatten, klatschten begeistert in die Hände.

»Das Königspaar war zunächst einmal dagegen. Doch als die beiden sahen, wie Prinzessin Perrys Kräfte immer mehr nachließen und diese mit leiser Stimme darum bat, den

Zauber des Alten geschehen zu lassen, willigten sie schließlich, mit Tränen in den Augen, ein.

Perry wurde zu einem wunderschönen kleinen Vogel. Kaum hatte sie sich verwandelt, breitete sie ihre Flügel aus, flatterte noch einmal um ihre Eltern und flog dann aus dem Fenster davon.«

»Und bald fand sie ihren Prinzen Abdallah«, fügte ein Junge hinzu.

»Sie sah ihren Prinzen schon von weitem am Fuße eines Berges sitzen. Als sie sich auf seine Schulter setzte und ihm mit dem Schnabel ans Ohr pickte, erkannte er sie sofort.

Was für eine Freude! Sie sahen sich glücklich an, und obwohl sie nun zwei vollkommen verschiedene Wesen waren, liebten sie sich. Das Schicksal hatte ihnen nicht das normale Leben von Liebenden geschenkt. Dafür aber die Liebe selbst. So blieben sie für immer zusammen. Der Prinz Abdallah und die Prinzessin Perry.«

Die Kinder klatschten in die Hände. Fragten Sharifeh, wann sie denn ein weiteres Märchen erzählen würde und machten sich schließlich auf den Weg nach Hause.

Sharifeh stand auf, zog sich den Schleier über den Kopf und ging zurück ins Haus.

Im Flur, nahe der Tür, saß ein alter Mann. Er hatte ihr die ganze Zeit zugehört. Auf seiner Schulter hockte ein kleiner Vogel und schlief.

Eine Liebeserklärung an das Leben zwischen den Kulturen

Hinsichtlich der Volksmärchen können wir heute nur noch mutmaßen, was die Menschen bewegte, diese zu erfinden und auch immer wieder zu verwandeln. Gegenüber denen, die heute Märchen erfinden, aber besteht die Möglichkeit, Fragen zu stellen und ihre Antworten zu bewahren. Nicht zuletzt darum soll es bei dem Versuch gehen, die Autorin dieser Sammlung ein wenig auf der Reise in ihre phantastischen Welten zu begleiten. Im Herbst 1994 zeichnete ich ein längeres Gespräch mit ihr auf, aus dem ich hier einige wichtige Passagen wiedergeben möchte, um so eine Annäherung an die Schriftstellerin und ihre Märchen zu erleichtern. Immer wieder betont sie im Verlauf unseres Gesprächs die Bedeutung des Lebens in verschiedenen Kulturen als Voraussetzung für ihr Schreiben. Mit neun Jahren kam sie 1959 mit ihren Eltern aus dem Iran in die Bundesrepublik, schon stark beeinflußt von den Märchentraditionen ihrer persischen Heimat.

Mein erstes Märchen habe ich im Alter von ungefähr zwölf Jahren geschrieben. Es wurde damals in Hamburg in der Klasse meiner jüngeren Schwester vorgelesen, und ich erinnere mich an die Pause auf dem Schulhof und an die Kinder, die mir begeistert davon erzählten. Ich weiß noch, wie verwundert ich darüber war. So wie dieses Märchen dachte ich mir dann viele andere aus und erzählte sie meinen Geschwistern, meinen Freundinnen und mir selbst, denn auch ich wollte wissen, wie eine einmal angefangene Geschichte weiterging. So wie damals habe ich heute noch den gleichen Spaß, Märchen zu schreiben oder zu erzählen. Es macht mir Spaß, eine Welt zu erfinden, in der alles möglich ist, die durch meine Phantasie entsteht, so fremdartig, wie ich sie mir nur vorstellen kann.

Meine Märchen waren und sind stark beeinflußt von den verschiedenen Kulturen meiner Kindheit. Da waren die orientalischen Märchen, die mir in meiner Familie von den Erwachsenen erzählt wurden neben den Märchen aus dem europäischen Raum, die ich mir mit der Zeit in Deutschland anlas. Das einfache Wiedererzählen von Märchen hat mir jedoch nie genügt. Es ist gut und wichtig, die Grimmschen Märchen zu kennen und diese als Kulturgut an die Kinder weiterzugeben – ich lernte sie ja auch als Kind hier in Deutschland kennen –, doch da sie in ihren Inhalten festgelegt sind, waren sie für mich irgendwann nicht mehr spannend.

Das Aufgreifen von Elementen aus verschiedenen Kulturen charakterisiert Nasrin Sieges Märchen. Dennoch verschmelzen diese Elemente nicht zu einem völlig Neuen. Ihre Märchen sind angesiedelt zwischen dem zeitgenössischen Kunstmärchen und verschiedenen Volksmärchentraditionen. Manche bewegen sich eindeutig in zuschreibbaren Kulturen, andere zwischen diesen.

Wenn ich Gestalten wie *Ahmed, Fatime* oder *Perry* entwerfe, verbinde ich mit ihnen die orientalische Welt, aus der ich stamme. Ich sehe sie vor mir mit langen schwarzen Haaren, mit Gewändern aus 1001 Nacht, stelle mir das Treiben auf dem Basar vor, rieche die verschiedenen Gewürze, höre die Musik meiner Kindheit in Persien – und schon entsteht ein Märchen.

Rebekah ist dagegen eine Figur zwischen den Kulturen. Ihre Geschichte ist die eines Mädchens, das einem älteren Mann versprochen wird, der grausam ist und den sie nicht liebt. *Rebekah* ist eine starke Frau, die sich wehrt.

Die Geschichte von *Joana* möchte ich in den hohen Norden ansiedeln, vielleicht in einem skandinavischen Land. Bei diesem Märchen haben meine Kindheit in Norddeutschland und meine Liebe zu den Märchen und Sagen von Hans Christian Andersen und Theodor Storm Pate gestanden.

Meine Märchen sind *Ausdruck meiner multikulturellen Identität*. Ich glaube, ich bin eine *Reisende zwischen den Kulturen*. Ich kann mich schnell auf ein neues Land, eine neue Kultur einstellen. Dabei versuche ich aus meinen Erfahrungen, die ich durch das Leben im Iran, in Deutschland und Afrika gesammelt habe, zu schöpfen. In jeder mir neuen Kultur bin ich bemüht, das mir Unbekannte kennenzulernen und zu erfassen.

So war es auch, als ich anfing, in Sambia die *Kalulu-Märchen* zu sammeln. Schon bald hörte ich neben mir bekannten Märchenmotiven solche, die mir völlig fremd waren. Das war, als ob ich Neuland betrat, und ich wollte verstehen. Durch die Märchen lernte ich etwas mehr von der Kultur der Menschen in Sambia kennen. Und das war spannend.

Aber Nasrin Siege beobachtet nicht nur andere Kulturen, um darin den Stoff für ihre Märchen zu finden. Sie registriert in ihren Märchen nicht weniger die Gefährdung, der viele dieser Kulturen ausgesetzt sind.

In »Die Tochter der Ahnfrau« kommen verschiedene Themen zusammen: der Heilige Stein, die Große Mutter, die Beziehung zu den Ahnen und die allmähliche Zerstörung dieser Welt. Missionare tragen eine neue Religion bis in die entlegensten Dörfer, und eine fremde Götterwelt breitet sich aus. Ihre Vertreter verhalten sich im Grunde respektlos und ohne Verständnis für die andere Kultur. So auch der Mann der Hauptfigur, der dabei zum Handlanger der Missionare wird. Er entfremdet der eingeweihten Tochter, so nenne ich sie, ihr eigenes Kind, indem er dieses im Sinne der neuen Religion in einer Missionsstation erziehen läßt. Die eingeweihte Tochter tötet daraufhin den Mann, kann aber dennoch die Ausbreitung der neuen Religion nicht verhindern.

Dieses Thema beschäftigt mich immer wieder: die starke Verunsicherung vieler Menschen in Afrika, ihr Hin- und

Hergerissensein zwischen der eigenen Kultur und der sogenannten Moderne.

Durch meine Märchen versuche ich, das Ursprüngliche, den Stolz, die Verwirrung und die Trauer zu beschreiben, die ich in Afrika in der Begegnung mit den Menschen immer wieder spüre.

Märchen haben eine lange und vielfältige Tradition. Ihre Märchen, so die Autorin, bewegen sich in keiner Tradition. Dennoch nennt sie einige Vorbilder.

Ich glaube, daß ich viele Vorbilder habe. Eines dieser Vorbilder ist Marguerite Yourcenar, die mir in ihrer Art zu schreiben sehr vertraut ist. Dann sind da Theodor Storm, Theodor Fontane, Karin Blixen oder Antoine de Saint Exupéry zu nennen. Die traditionellen Märchen sind dagegen für mich keine direkten Vorbilder, ausgenommen die Geschichten aus Tausendundeiner Nacht.

Nasrin Siege macht das Schreiben ihrer Märchen Spaß, und sie fragt sich, ob andere Menschen genauso einen Spaß an diesen Märchen haben werden, wenn sie diese lesen.

Ich möchte, daß die Leserinnen und Leser sich mit meinen Märchen *entspannen und auf eine Phantasiereise begeben können.* Meine Märchen lassen viele Fragen offen, und wer sie liest, kann sich auf die Suche nach eigenen Antworten machen. Sie sind so geschrieben, daß jeder sie mit dem eigenen Erfahrungsschatz lesen und interpretieren kann.

So sehr die Märchen auch Phantasiereisen sind, der Bezug zu Bekanntem und Vertrautem scheint dennoch immer wieder auf. Nur ein Beispiel: »Die zwei Leben des König Antos« ist eine wunderschöne Geschichte von dem Greis, der König war und der im Grunde sein Leben nicht gelebt hat, weil er sich nie aus der starken Bindung zu seiner Mutter gelöst hat. Erst dreißig Jahre nach ihrem Tod gelingt es ihm, den Zopf seiner Mutter zu begraben und endlich sein eigenes Leben zu leben. Alle Sehnsüchte, die er in sich begraben hatte, werden wieder aufgedeckt. – Sehnsucht ist überhaupt ein Schlüsselwort für all jene Menschen und Wesen in Nasrin Sieges Märchen, die auf der Suche nach dem Leben sind.

Sehnsucht steht für mich in einem direkten Zusammenhang mit Phantasie. Wenn du Sehnsucht hast, hast du auch Phantasie. Und wenn du Phantasie hast, kannst du auch Sehnsüchte entfalten. Die Phantasie war bei König Antos verschüttet, er hat sich nichts mehr vorstellen können. Die Sehnsucht aber führte dazu, daß sich auch bei ihm die Phantasie freisetzen konnte. Während ich das Märchen schrieb, empfand ich Mitleid mit jenem König, und ich dachte, daß ihm diese große Sehnsucht nach Leben erfüllt werden müßte. Die Götter standen mir und ihm bei, und so kam es, daß König Antos nach all den Jahren doch noch zum Leben erweckt wurde.

Fast alle Märchen Nasrin Sieges spielen in irgendwelchen Phantasiewelten, eines aber sehr erkennbar in Frankfurt am Main. Geschrieben hat sie »Die Frau im Café« in Afrika, kurz vor einer Reise nach Frankfurt. »Da war die Sehnsucht, meine Liebe zu dieser Stadt, die mir zu diesem Märchen verhalf.« Dieses Märchen spielt in unserer heutigen Zeit. Märchen gibt es in der Phantasie, so Nasrin Siege, die gibt es aber auch in der Wirklichkeit. Die Hauptfigur, ein einsamer, in sich zurückgezogener Mann, erlebt so ein Märchen im Alltag. In einem Café wird er von einer Fee, einer ganz realistisch beschriebenen Fee angesprochen. Er ist es gewohnt, der Starke zu sein, keine Gefühle zu zeigen, will mit der Fee nichts zu tun haben. Und doch ist sie seine Retterin. Dieses Märchen zeigt, daß es in unserer Welt, in der die Gefahr der Vereinsamung groß ist, auch eine Chance gibt. Und diese Chance besteht darin, daß alte, einengende Konventionen an Einfluß verlieren, indem beispielsweise die Frau den Mann anspricht und da eine ganz andere Art von Wärme entstehen kann.

Ihre Märchen sind für Nasrin Siege »etwas Besonderes«. Sie sind »kleine Schätze«, die sie sammelt und die sie nur schwer zur

Veröffentlichung freigibt. Diese Märchen gehören zu ihr, wie sie sagt, ganz anders als die von ihr herausgegebenen Kalulu-Märchen: »Kalulu gehört Afrika«. Ihre ersten in diesem Buch enthaltenen Märchen, 1983 in Tansania geschrieben, spielen in magisch-mystischen Welten, in denen die Hauptfiguren aus der Verbindung der Welt der Geister mit der Welt der Menschen entstehen: Wesen der Zwischenwelt (z.B. »Das Licht«). Die späteren Märchen sind dagegen eher »aus einer Distanz heraus geschrieben«, obwohl auch da noch viel Magie mit hineinspielt, selbst in »Die Frau im Café«. Nasrin Siege sieht sich eher »zur Beobachterin« geworden. Damals – um 1983 – war das eine Zeit voller Fragen hinsichtlich der Zukunft, voller Verzweiflung oft auch über das, was auf der Welt passierte. Und diese Verzweiflung und diese Fragen fanden dann Ausdruck in den Märchen (z.B. im Motiv der Vertreibung aus dem Paradies in »Ellen und Arne« oder auch in »Das Licht«, wo es um die Erde nach dem »großen Knall« – dem Atomkrieg – geht).

Also verbirgt sich auch soziales und politisches Engagement in ihren Märchen? Nasrin Siege bejaht dies, vor allem in Hinblick auf die Frauengestalten.

Was mich an vielen Märchen immer wieder gestört hat, ist, daß die Helden Männer sind und die Frauen schön und in ihr Schicksal ergeben. Sie sind keine Kämpferinnen, keine Heldinnen, sie werden geheiratet, sie werden verheiratet, und sie wehren sich nicht und sind immer glücklich und zufrieden und werden irgendwann erlöst.

In meinen Märchen sind nicht immer die Männer die Helden. Als Kind habe ich nach Märchen gesucht, in denen die Frauen stark sind, in denen sie kämpfen und auch siegen. Einige meiner Märchen handeln von solchen Frauen.

Nasrin Siege versteht ihre Märchen auch ein wenig als feministische Literatur. Doch sie relativiert zugleich die politisch-soziale Funktion ihrer Märchen. Mit ihren Märchen verbindet sich »kein unmittelbarer politischer Auftrag«. Wenn sie etwas gegen die Ungerechtigkeit in der Welt sagen will, tut sie dies eher in anderer Form. Obwohl dieser Anspruch in indirekter Weise auch in ihren Märchen enthalten ist.

Das Schreiben jener Märchen ist für mich etwas Entspannendes. Mit den Märchen mache ich mich auf in Phantasiewelten, in denen ich zwar dem Alltag nicht begegne, aber trotzdem viele aus dem Alltagsleben bekannte Probleme mit einer märchenhaften Schwerelosigkeit betrachte und löse.

Diese Märchen öffnen sich vielfältigen Wahrnehmungs- und Deutungsweisen. Sie stehen in keiner festen Tradition, nehmen aber Elemente aus sehr unterschiedlichen Traditionen in sich auf. »Meine Märchen«, so ihre Schöpferin, »sind eine Liebeserklärung an das Leben zwischen den Kulturen.« Und damit sind sie hochaktuell, diese Märchen, die über unseren Alltag hinausweisen und zugleich auf ihn zurückwirken.

Volkhard Brandes